PRISIONEIRO B-3087

Título original: *Prisoner B-3087*
Título da edição brasileira: *Prisioneiro B-3087*

Este livro foi negociado por Ute Körner Literary Agent, S. L., Barcelona – www.uklitag.com

Gerente editorial	Fabricio Waltrick
Editora	Lígia Azevedo
Editora assistente	Carla Bitelli
Preparadora	Flávia Yacubian
Coordenadora de revisão	Ivany Picasso Batista
Revisoras	Cátia de Almeida, Nancy Helena Dias

ARTE

Projeto gráfico de capa	Retina78, Thatiana Kalaes
Projeto gráfico de miolo	Soraia Scarpa, Thatiana Kalaes
Coordenadora de arte	Soraia Scarpa
Assistente de arte	Thatiana Kalaes
Estagiária	Izabela Zucarelli
Diagramação	Marcos Puntel
Tratamento de imagem	Cesar Wolf, Fernanda Crevin
Pesquisa iconográfica	Silvio Kligin (coord.), Josiane Laurentino

Crédito das imagens de capa	*Prisioneira*: Reprodução/site Marian Glówka/I. Pajak, Habitantes da Silésia, Podbeskidzia, Zaglebie Dabrowskiego em Auschwitz. Katowice, 1998, p.521; *Entrada de Auschwitz*: Serge Attal/Sygma/Corbis/Latinstock; *Alan Gratz*: acervo pessoal; *Ruth e Jack Gruener*: acervo pessoal

CIP-BRASIL. CATALOGAÇÃO NA PUBLICAÇÃO
SINDICATO NACIONAL DOS EDITORES DE LIVROS, RJ

G81p

Gratz, Alan, 1972-
Prisioneiro B-3087 / Alan Gratz ; tradução Anthony Cleaver. – 1.ed. – São Paulo: Ática, 2013.
184p. – (Vasto Mundo)

Tradução de: Prisoner B-3087
ISBN 978-85-08-16481-3

1. Gruener, Jack 2. Guerra Mundial, 1939-1945 3. Crianças judias no Holocausto – Polônia 4. Holocausto judeu (1939-1945) 5. Literatura infantojuvenil americana I. Título. II. Série.

13-00424 CDD: 940.5318
CDU: 94(100)'1939/1945'

MISTO
Papel produzido a partir de fontes responsáveis
FSC® C137933

ISBN 978 85 08 16481-3 (aluno)
ISBN 978 85 08 16482-0 (professor)
Código da obra CL 738404 / CAE 275151

2023
1ª edição
10ª impressão
Impressão e acabamento: Bartira

Avenida das Nações Unidas, 7221 — CEP 05425-902 — São Paulo, SP
Atendimento ao cliente: 4003-3061 — atendimento@aticascipione.com.br
www.aticascipione.com.br

ALAN GRATZ

PRISIONEIRO B-3087

baseado na vida de
RUTH E JACK GRUENER

Tradução
Anthony Cleaver

editora ática

Para Jack, que sobreviveu.

SUMÁRIO

CRACÓVIA, POLÔNIA

1939-1942

CAPÍTULO 1

Se eu soubesse como seriam os próximos seis anos de minha vida, teria comido mais.

Eu não teria reclamado por ter de escovar os dentes, ou tomar banho, ou ir para a cama às oito horas todas as noites. Eu teria brincado mais, me divertido mais. Eu teria abraçado meus pais e dito a eles que os amava.

Mas eu tinha apenas 10 anos e não fazia a menor ideia do pesadelo que se aproximava. Nenhum de nós fazia. Era começo de setembro, e estávamos todos sentados em volta da grande mesa na sala de jantar do apartamento da minha família, na rua Krakusa, comendo, bebendo e conversando: meus pais, meus tios, meus primos e eu, Jakob — embora todos me chamassem de Yanek, meu nome polonês.

— "Os judeus devem desaparecer da Europa." Foi isso que Hitler disse — declarou meu tio Moshe, servindo-se de mais doce. — Ele não poderia ter sido mais claro.

Senti um frio na espinha. Eu já ouvira pelo rádio os discursos de Hitler, o *Führer* alemão. *Führer* significa "líder" em alemão, e era assim que os alemães chamavam seu presidente. Ele vivia mencionando a "ameaça judaica", dizendo que a Alemanha e o restante da Europa deveriam ser uma região "livre de judeus". Eu era judeu, morava na Europa e não queria desaparecer. Eu amava minha casa e minha cidade.

— Os britânicos e franceses já declararam guerra a ele — disse meu pai. — E logo terão a ajuda dos americanos. Eles não deixarão a Alemanha varrer toda a Europa.

— Ele já anexou a Áustria e a Tchecoslováquia — disse meu tio Abraham. — E agora invade a Polônia!

Meu pai tomou um gole de café.

— Pode escrever: essa guerra não dura mais que seis meses.

Meus tios contestaram, mas ele era meu pai, e eu acreditava nele.

— Chega de política — pediu minha mãe. Ela se levantou para tirar a mesa, ajudada por minhas tias, e continuou: — Yanek, que tal montar um show para nós? Ele construiu seu próprio projetor.

Fui correndo buscá-lo no meu quarto. Não era um projetor de filmes igual aos usados no cinema, mas um projetor de slides que eu mesmo havia montado. Fixei uma lâmpada em uma tábua e na frente posicionei placas de madeira com lentes de aumento. Eu podia projetar imagens na parede ou fazer teatro de sombras. Meus primos me ajudaram a pendurar um lençol branco no vão da porta da sala de estar. Quando todos estavam sentados, conectei o projetor na tomada e liguei o rádio. Eu gostava de ter um acompanhamento musical, como as trilhas sonoras de filmes. Quando o rádio aqueceu, achei uma canção de Count Basie perfeita para a ocasião e iniciei meu espetáculo.

Usando imagens de caubóis, índios, diligências e cavalos, recortadas em cartolina e coladas a palitos de madeira, projetei um teatro de sombras sobre um xerife do Velho Oeste americano que tinha de proteger sua cidade de bandidos. Meus filmes prediletos eram os faroestes de John Wayne, e combinei as melhores partes do cinema dele numa única história. Meus familiares riam e aplaudiam, interagindo com os personagens como se fossem pessoas reais. Eles adoravam meus espetáculos, e eu adorava entretê-los com esses shows. Nada me orgulhava mais do que fazer meu pai rir!

Quem sabe, algum dia, eu iria aos Estados Unidos para trabalhar com cinema. Tia Gizela costumava esfregar minha cabeleira ondulada e dizer:

— Você parece um astro de cinema, Yanek, com seus cabelos castanhos e seus olhos grandes.

Eu estava quase na parte em que o líder da quadrilha roubava o banco e enfrentava o herói em um duelo quando a canção da rádio foi subitamente interrompida. Achei que o tubo de vácuo do aparelho tivesse queimado, mas, em seguida, ouvimos a voz de um homem.

— Senhoras e senhores, interrompemos nossa transmissão para anunciar que o exército alemão chegou à cidade de Cracóvia.

— Não! — exclamou meu pai.

— Já? — disse tio Moshe. — Só se passaram seis dias. Onde está o exército polonês?

Eu saí de trás do lençol para ouvir. O locutor da rádio falava sobre a retirada das forças polonesas para Lodz e Varsóvia quando ouvimos um enorme estrondo, BUM!, e as xícaras de chá de minha mãe tremeram sobre os pires. Meus primos e eu corremos para a janela. Lá fora, uma fumaça preta subia em espiral sobre os telhados de Podgórze, nosso bairro. Alguém gritou na rua ao lado, e os sinos da Catedral de Wawel soaram o alarme.

Era tarde demais. Os alemães já tinham chegado. Se eu soubesse então o que sei agora, teria corrido. Não teria parado para fazer uma mala, despedir-me dos amigos ou mesmo desligar meu projetor. Nenhum de nós teria. Teríamos fugido para o bosque nos arredores da cidade sem nunca olhar para trás.

Mas não fugimos. Ficamos ali, no apartamento de minha família, ouvindo a rádio e vendo o céu sobre Cracóvia escurecer enquanto os alemães vinham para nos matar.

CAPÍTULO 2

As ruas de Cracóvia encheram-se de soldados alemães. Com seus elegantes uniformes cinza, marchavam com as pernas rígidas, jogando-as para cima à maneira de um pato. Era cômico, mas ao mesmo tempo sinistro. Inúmeros homens, todos marchando a um só passo, com seus lustrosos capacetes verdes e botas pretas polidas brilhando ao sol. Cada soldado vestia um sobretudo e levava uma mochila às costas, e eles carregavam rifles sobre os ombros e baionetas na cintura.

Senti-me pequeno com meu modesto conjunto de lã azul e meu boné marrom simples.

Havia tanques também, que eles chamavam de *Panzers*. Eram veículos enormes e ruidosos, com esteiras que estalavam e canhões girando em cima.

Saímos à rua para observar. Todos nós: homens, mulheres e crianças, poloneses e judeus. Das esquinas, observamos os alemães marchando por nossa cidade. Nem toda a Polônia havia caído, segundo a rádio: Varsóvia ainda resistia, assim como Brzesc, Siedlce e Lodz. Mas naquele momento estávamos sob o domínio dos alemães, até que nossos aliados britânicos e franceses chegassem para expulsá-los.

— Não será tão ruim assim com os nazistas aqui — disse uma velha senhora polonesa ao meu lado enquanto eu os observava. — Eu me lembro dos alemães na Grande Guerra. Eram muito simpáticos.

Mas ela, é claro, podia dizer isso. Ela não era judia.

Nas semanas seguintes, tentamos levar a vida como se nada tivesse mudado, como se não tivéssemos sido conquistados por um exército invasor. Eu ia à escola todos os dias; meu pai, meus tios e meus primos ainda iam trabalhar; minha mãe ainda fazia compras. Mas as coisas começavam a mudar. Na escola, os garotos poloneses não jogavam mais futebol comigo, e nenhum polonês nem alemão comprava sapatos na loja de meu pai. Além disso, a comida ficou escassa e mais cara.

Então, certa manhã, eu fui até a escola e descobri que as aulas tinham sido suspensas. Para sempre, disseram-me. Não havia mais escola para judeus. As outras crianças comemoraram, mas eu fiquei decepcionado. Eu adorava ler. Gostava de qualquer tipo de livro, mas especialmente dos que falavam dos Estados Unidos e de médicos e medicina.

Vaguei pelas ruas, observando os soldados alemães e seus tanques, as filas de pão que dobravam as esquinas. O inverno aproximava-se, e os homens e mulheres na fila apertavam seus casacos em volta do corpo e batiam os pés no chão para se aquecer. Chegando em casa, na hora do almoço, me surpreendi ao ver meu pai ali. Ele geralmente almoçava no trabalho. Tio Moshe estava à mesa, ao lado dele. Minha mãe veio da cozinha, preocupada comigo.

— Você está doente, Yanek?

Ela levou a mão à minha testa e perguntou:

— Por que voltou tão cedo da escola?

— Está fechada — contei, sentindo-me deprimido. — Fechada para judeus.

— Estão vendo? Estão vendo? — disse tio Moshe. Virou-se para meu pai, exaltado. — Primeiro, fecham as escolas. Depois, será sua loja de sapatos. Minha loja de peles! E por que não? Ninguém comprará nada de nós com os soldados alemães dizendo às pessoas: "Não comprem de judeus".

— Mas se fecharem a loja de sapatos, como você ganhará dinheiro? — perguntei a meu pai.

— Os judeus não podem mais ganhar dinheiro! — respondeu Moshe. — Agora temos cupons de racionamento para trocar por comida. Tudo marcado com um J, de "judeu".

— Isso passará — disse meu pai. — Dificultarão nossa vida durante algum tempo e depois a situação voltará ao normal. É sempre assim. Basta ficarmos de cabeça baixa.

— Sim — concordou Moshe, batendo o dedo no jornal aberto entre ele e meu pai. — Os judeus devem abaixar a cabeça e não encarar os alemães de frente. Não podemos falar, a menos que nos dirijam a palavra. Não podemos caminhar pelas ruas principais de nossa própria cidade. Não podemos frequentar os parques, as piscinas públicas, as bibliotecas, os cinemas!

Os judeus não podiam ir ao cinema? Não! Eu adorava o cinema. Nem à biblioteca? Onde eu conseguiria livros para ler, já que também não podia ir à escola? Corri para perto de Moshe para ver do que se tratava. Ali, no jornal, estavam publicadas as "Novas regras para judeus". Senti um aperto no coração. Era verdade: nada de parques, bibliotecas ou cinemas. E haveria um toque de recolher para todos os judeus, jovens e velhos. Tínhamos de ficar fechados em casa, fora das ruas, a partir das nove horas da noite.

— E braçadeiras! Braçadeiras com a estrela de davi! — continuou tio Moshe. — Estão nos marcando. Somos iguais ao gado marcado a ferro nos filmes americanos de que Yanek tanto gosta! Logo levarão todo o nosso dinheiro! Diga ao seu marido, Mina.

— O que você quer que a gente faça, Moshe? — questionou minha mãe, repousando as mãos sobre os ombros de meu pai. — Não temos dinheiro para sair daqui. E, mesmo que tivéssemos, para onde iríamos?

Meu pai segurou a mão de minha mãe sobre seu ombro.

— Não podemos perder a fé, Moshe.

— Veremos se será fácil manter a fé quando os nazistas a levarem junto com todo o resto — retrucou Moshe.

Meu pai sorriu.

— Deixe que levem tudo. O que importa é quem *somos*, e isso eles não podem tirar de nós.

Sentei-me à mesa para comer. Minha mãe trouxe uma pequena terrina com sopa de tomate, um pedaço de pão e um naco de queijo.

— Só isso? — perguntei.

— É o racionamento. Todas as mercearias estão fechadas — respondeu minha mãe.

— É suficiente — disse meu pai. — Estávamos mal-acostumados antes.

Eu não me achava mal-acostumado, mas não disse nada. Só não gostei de perder meu almoço para os alemães.

Naquela noite, várias horas depois do toque de recolher, fomos acordados por gritos de "Fogo!".

Corri para fora do quarto, assustado.

— O que foi? — gritei, ao ver meus pais na sala. — O fogo é no nosso prédio? O que fazemos?

— Não — respondeu meu pai. — É na sinagoga.

A sinagoga era o local onde observávamos o sabá e onde eu estudava para meu *bar-mitzvá*. Debrucei-me na janela e a vi no fim da rua, envolta em chamas. Meu pai vestiu rapidamente o casaco sobre o pijama para sair e ajudar a apagar o fogo, mas um estampido alto vindo da calçada nos levou à janela novamente. Um homem, vestindo casaco e pijama como meu pai, jazia morto no meio da rua. Por baixo dele, espalhava-se uma poça escura, cintilando à luz dos postes de iluminação. Ao lado, em pé, havia um oficial alemão com a pistola ainda apontada para o homem morto.

— Pelas novas regras, qualquer judeu encontrado fora de casa depois do toque de recolher será sumariamente executado! — berrou o oficial.

Meu pai ficou parado na sala, fitando a porta. Minha mãe colocou uma mão sobre seu peito e depois encostou a cabeça na dele. Após alguns minutos de comunicação silenciosa, meu pai tirou o casaco e me mandou voltar para a cama.

CAPÍTULO 3

Eu tinha 12 anos quando a construção do muro começou.

Nosso bairro, Podgórze, estava sendo murado desde a praça Zgody até o mercado, e ao longo da praça Lasoty. Os nazistas estavam nos cercando.

Saí para ver o muro. Os tijolos formavam uma parede de quase três metros de altura. Em cima, painéis redondos lembravam lápides tumulares. O muro estendia-se de uma esquina à outra, cortando a rua ao meio e nos isolando do restante de Cracóvia. As janelas e portas dos prédios que faziam parte do muro foram emparedadas para que ninguém escapasse. Só havia três portões: um na praça Zgody, um no mercado e outro na rua Lwowska.

Eu corri de um portão a outro, observando tudo atentamente. Podgórze tinha se tornado um gueto judeu. Todos os poloneses que não eram judeus tiveram de se mudar para fora, e todos os judeus de Cracóvia que moravam fora do gueto tiveram de se mudar para *dentro* dele.

Eu os observei chegando. Levas e levas de judeus. Enormes grupos descendo de caminhões e andando pela rua Lwowska. Havia homens, mulheres e crianças, famílias, adolescentes, avós. Todos usavam a braçadeira com a estrela de davi, assim como nós. Alguns ainda vestiam os uniformes de suas antigas profissões: policiais, carteiros, enfermeiros, condutores de bonde. Não havia mais empregos para judeus. Nada além de limpar as latrinas dos soldados alemães. Meu pai e meu tio haviam perdido suas lojas, com todo o estoque confiscado pelos nazistas, exatamente como tio Moshe previra.

Os judeus que chegavam carregavam seus pertences — tudo que possuíam no mundo — e fitavam com olhos arregalados e assustados os prédios e ruas de seu novo lar. Provavelmente, tinham esperança de que aqui fosse melhor do que no lugar de onde vieram, mas os acontecimentos do último ano haviam nos ensinado que tudo sempre ficava pior.

Os poloneses que partiram deixaram para trás alguns apartamentos vagos, mas não em número suficiente para acomodar todos os novos moradores. Meus pais saíram às ruas e convidaram uma família para viver conosco: os Laski, uma família de três pessoas, com um garoto de 7 anos chamado Aron. Eles ficaram com meu quarto e eu passei a dormir na sala. Outras famílias fizeram o mesmo.

Depois, à medida que cada vez mais judeus enchiam o gueto, vindos não apenas de Cracóvia mas também de vilas e cidades nos arredores, acolhemos uma segunda família, os Rosenblum, e uma terceira, os Brotman. Os alemães até estabeleceram uma regra: todo apartamento deveria conter no mínimo quatro famílias. Nem meus pais nem eu tínhamos quarto próprio. Todas as crianças dormiam em um quarto e os adultos dividiam o quarto de meus pais e a sala. Apenas a cozinha era compartilhada por todos. Éramos 14 pessoas em um apartamento onde antes viviam três confortavelmente.

Eu só queria ir lá fora e brincar com meus amigos. Havia gente demais dentro de casa. Mas meus pais não me deixavam sair, temendo que eu fosse apanhado para trabalho forçado. Sempre que havia algum serviço a ser feito — como limpar latrinas ou ajudar na construção do muro —, os alemães pegavam judeus nas ruas para realizá-lo. Meu pai era constantemente levado. Às vezes, minha mãe. Os nazistas até tiravam pessoas do gueto para trabalhar em outras partes de Cracóvia. Algumas não retornavam.

— Essa situação não passa do verão — meu pai nos disse. — Até lá teremos de aguentar.

Ele era meu pai e eu queria acreditar nele, mas já não tinha tanta certeza. Era janeiro de 1941. Cracóvia estava sob domínio alemão. Eu tinha 12 anos. E, pela primeira vez na vida, comecei a duvidar de meu pai.

CAPÍTULO 4

Eu sempre achei que seria divertido ter um irmão ou uma irmã, até passar alguns meses morando em meu pequeno apartamento com mais cinco crianças. Discussões, brigas, choradeiras! Com soldados nas ruas, sinagogas em chamas e vários dias sem nada melhor para comer do que batatas mofadas, não deveria importar muito quem brincasse com a boneca ou quem dormisse perto da janela. Mas não era assim que funcionava.

À noite era ainda pior. Sempre que as irmãs Rosenblum brigavam, o que parecia ser o tempo todo, eu levava meu travesseiro e cobertor para o corredor. Eu tinha de dormir no chão, mas não me incomodava tanto. Assim, podia escolher onde dormir, e ao menos tinha o corredor inteiro só para mim. *Se tivermos de acolher outra família*, eu pensava com desgosto, *provavelmente terei de compartilhar o corredor também.*

Certa noite, eu estava dormindo quando um rangido no corredor me acordou. No escuro, identifiquei a silhueta de uma pessoa.

— Quem está aí? — perguntei, com o coração na garganta.

— Shhhh, Yanek. Sou eu — sussurrou meu pai. — Não quis acordá-lo. Volte a dormir.

Meu pai estava de casaco. Ele ia sair.

— Aonde você vai? — perguntei. — Quero ir com você!

— Não. É perigoso demais sair após o toque de recolher.

— Então por que você vai sair?

Eu estava assustado. Joguei o cobertor de lado e perguntei:

— Você vai tentar fugir do gueto?

Quem fosse pego tentando escapar do gueto era imediatamente assassinado.

— Não, não. Volte a dormir, Yanek.

— Não!

Eu queria ajudar. Meu pai andava com uma aparência cansada ultimamente. Com os trabalhos forçados e a falta de comida, parecia ter envelhecido dez anos em dois. Sugeri:

— Eu posso ajudar a ficar de olho nos guardas. Quero ir com você!

— Shhhh, Yanek! Você vai acordar todo mundo. — Meu pai suspirou. — Está bem. Mas nem mais um pio. Temos de fazer silêncio, entendeu?

Acenei com a cabeça e vesti depressa o casaco. Quando eu estava pronto, escapamos silenciosamente pela porta e descemos as escadas do prédio. Eu nunca havia saído de casa tão tarde da noite. As escadas estavam escuras e repletas de sombras. Meu coração palpitava ao mínimo ruído, mesmo com meu pai ao lado.

Descemos como se fôssemos à caldeira no porão, mas, em vez disso, saímos pela porta dos fundos, que dava para o beco atrás do edifício. A neve caía em flocos grandes e espessos, abafando tudo. O silêncio era tanto que era possível ouvir os flocos caindo sobre a neve que já cobria o chão. *Tick. Tick. Tick-tick.*

Segui meu pai pelo beco silencioso. Nossas pegadas deixavam marcas na neve lisa. Olhei para trás, subitamente preocupado com a trilha que deixávamos, fácil de ser seguida. Mas a neve que caía já estava cobrindo nossos rastros. Eu rezei por mais neve, mesmo que isso significasse mais trabalho de limpeza pela manhã para meu pai e outros judeus.

Tínhamos de atravessar a rua Jozefinska, expondo-nos abertamente. Mais abaixo no quarteirão, um soldado alemão de sobretudo, cachecol e chapéu juntou as mãos perto do rosto para acender um cigarro. Meu pai levou a mão ao meu peito e nos esgueiramos contra a parede, à sombra de um prédio. Observei o soldado alemão exalar uma longa nuvem de fumaça. A brasa laranja do cigarro brilhou na escuridão. De onde ele vinha? Qual era seu nome? Ele tinha família? Tinha filhos, crianças como eu? Ele odiava os judeus tanto quanto Hitler? Será que já matara algum homem?

O nazista esfregou as mãos, bateu os pés para tirar a neve e espantar o frio e dobrou a esquina, saindo de vista.

— Agora — sussurrou meu pai.

Corremos para o outro lado. Nossas passadas soavam tão alto no silêncio da noite que achei que o quarteirão inteiro podia nos ouvir. Eu já atravessara aquela rua centenas — milhares — de vezes, mas nunca parecera tão larga, o lado oposto nunca estivera tão distante. Chegando ao outro lado do beco, encostamo-nos contra um muro para recuperar o fôlego e verificar se alguém tinha nos ouvido. O único som era o de neve caindo. *Tick. Tick. Tick-tick.*

Após seguir meu pai mais um pouco, comecei a perceber qual era nosso destino: a padaria de tio Abraham! Não fora confiscada pelos nazistas, para que fornecesse pão aos soldados. Quando empurramos a porta para entrar, algo a prendeu: havia uma toalha enfiada entre o vão da porta e o chão. Assim que entramos, entendi por quê.

Pão. O maravilhoso, belíssimo, cheiro de pão! O próprio aroma já foi suficiente para fazer meu estômago roncar. Eu tinha aprendido a suportar a fome, mas naquele instante meu corpo mal pôde se conter, sabendo que havia pão fresco disponível. Eu tremia de expectativa. Meu pai repôs a toalha embaixo da porta e caminhamos pelo corredor escuro em direção aos fornos. Tio Abraham e tia Fela haviam coberto todas as janelas e portas com toalhas, lençóis, cobertores, qualquer coisa que bloqueasse a luz — e o cheiro.

— Oskar! — disse tio Abraham ao meu pai quando nós os encontramos.

Ele abraçou meu pai, e eu corri para a tia Fela, que tirava travessas de pão do forno.

— Vejo que trouxe um ajudante — disse tia Fela. — Olá, Yanek.

Ela sorriu para mim, mas eu só tinha olhos para o pão. Filões castanho-dourados reluzentes, fumegando no ar frio. Minha boca se encheu de água.

Fela riu.

— Pode pegar um.

— *Depois* do trabalho — disse meu pai, murchando meu entusiasmo.

Como seria possível esperar? Ele se virou para meu tio:

— Como podemos ajudar? Estão usando ambos os fornos?

— Apenas um para pão — disse tio Abraham.

Ele abriu a porta do segundo forno para mostrar que estava vazio.

— Estamos queimando lenha molhada neste. A fumaça ajuda a disfarçar o cheiro de pão. De todo modo, não conseguimos guardar farinha suficiente para assar nos dois fornos ao mesmo tempo. Temos de fazê-la durar. Mais um mês? Dois meses? Um ano?

— Até a primavera — disse meu pai. — Até lá os britânicos e franceses estarão aqui.

Tio Abraham deu de ombros.

— Talvez os russos cheguem antes. A paz não deve durar muito.

Dezessete dias após a Alemanha invadir a Polônia a partir do oeste, a União Soviética a invadira a partir do leste. A Polônia estava dividida ao meio, e os alemães e os russos haviam prometido não brigar entre si. Por ora.

— Enquanto isso, assaremos o quanto for possível. Mas, se os nazistas descobrirem... — Tio Abraham não terminou a frase.

— Mãos à obra, então — atalhou meu pai. — Yanek e eu alimentaremos o fogo.

Trabalhamos até altas horas da madrugada: meu pai e eu alimentando os fornos com lenha e carvão, tio Abraham preparando a massa e tia Fela tirando do forno e ensacando aqueles pães deliciosos.

— Vocês precisam voltar antes de amanhecer — disse tio Abraham, por fim. — Tomem, levem três sacos cada um. Um saco para vocês e o resto para vender na rua Krakusa. Deve ser o suficiente.

Um saco inteiro só para nós! Quase gemi de prazer, só de pensar em tal banquete.

— Moshe vem amanhã pegar pão para vender às famílias da rua Wegierska — disse Abraham. — E Dawid e Sala vêm amanhã à noite, para vender na rua Rekawka.

— Qual o preço da baguete? — perguntou meu pai.

Abraham deu de ombros.

— Cinco zlotys, talvez.

Cinco zlotys! O preço normal de uma baguete era meio zloty, no máximo!

— Odeio ser tão mercenário, mas o preço da farinha também subiu.

— Ainda é possível comprar farinha? — perguntou meu pai.

— Alguns garotos já descobriram brechas no muro e conseguem sair. Eles compram coisas do lado de fora. Mas custam caro — respondeu tia Fela.

— E esses novos judeus têm mais dinheiro. Eles podem pagar — disse Abraham. — Agora vão, antes que amanheça.

— Aproveite bem seu pão, Yanek — recomendou tia Fela.

Ela me beijou a testa. Abraham e meu pai se despediram com um abraço.

Ainda estava escuro e nevando quando saímos. Haveria mais patrulhas nas ruas; logo o gueto estaria despertando. Não havia tempo a perder.

— Uma última corrida para casa, Yanek, e depois teremos pão fresco no café da manhã. Que tal?

— Delicioso — respondi.

Meu pai pôs a mão em meu ombro e apertou levemente.

— Só temos de sobreviver ao inverno, Yanek, e depois tudo vai melhorar. Você vai ver.

Eu ainda desconfiava disso, mas o pão fresco me fez esquecer todos os meus problemas. Pelo menos por um tempo.

CAPÍTULO 5

O ano de 1942 veio, mas os britânicos não. Nem os franceses. Estavam ocupados demais combatendo os alemães na frente ocidental. A rádio dava notícias de combates na Dinamarca, na Noruega, na Bélgica e nos Países Baixos, mas, como era uma estação alemã, eles sempre diziam que estavam vencendo. Tio Moshe disse que não podíamos confiar em tudo o que relatavam, mas, mesmo assim, ele escutava atentamente cada palavra, como todos nós.

Eu só pensava em sair de nossa casa apinhada para ter um pouco de liberdade e respirar ar fresco, mas meus pais ainda temiam que eu fosse apanhado pelos nazistas. A neve lá fora continuava espessa, com mais caindo a cada dia, e os judeus eram forçados a limpar as ruas. Os nazistas também levavam judeus para trabalhar nas fábricas de Cracóvia. Algumas levas de judeus nunca voltaram, mas ninguém sabia qual tinha sido seu fim. Meus pais não queriam correr nenhum risco, portanto eu tinha de ficar dentro do prédio o tempo todo.

Levei minha bola para o corredor e fiquei treinando chutes contra a parede até a senhora Immerglick, a velha ranzinza do apartamento em frente, me mandar parar, aos berros. Estava prestes a ir brincar no porão quando ouvi um grito vindo de um dos andares de baixo. Depois, som de passos. Vários passos. Uma porta sendo arrombada. Mais gritos.

Corri de volta para o apartamento.

— Mamãe! Mamãe! — gritei. — Está acontecendo alguma coisa no prédio!

Todos os moradores de nosso apartamento se reuniram na sala. Os gritos e estrondos aproximavam-se cada vez mais. Eu me senti mal. Queria que meu pai estivesse lá conosco, mas ele saíra para buscar nossa ração de verduras.

TUM-TUM-TUM. Alguém esmurrou nossa porta, assustando a todos.

— Abram a porta, por ordens do Judenräte!

O Judenräte era o órgão judeu responsável pela administração do gueto, e eles tinham uma força policial especial sob as ordens dos nazistas. Todos olharam para minha mãe. O apartamento era nosso, afinal. Mas ela ficou parada, fitando a porta com olhos arregalados. Meu coração estava disparado. O que devíamos fazer? O que *podíamos* fazer?

— Mamãe? — chamei.

TUM-TUM-TUM.

— Abram a porta ou vamos arrombá-la! — disse outra voz, dessa vez em alemão.

Um nazista.

— Mamãe — eu disse —, se não abrirmos a porta, eles vão nos matar!

Ela ficou encarando a porta. Nenhum dos outros adultos se mexeu.

Eu tinha de fazer alguma coisa. Corri até a porta e a destranquei. Um oficial alemão e um policial do Judenräte me empurraram bruscamente de lado.

— Quando mandarmos abrir a porta, abram logo! — disse o oficial alemão aos adultos.

As famílias se juntaram, abraçando-se fortemente.

— Vocês têm joias? Ouro? Um rádio? — demandou o alemão.

Minha mãe não respondeu. Ficou parada, olhando o nazista e tremendo. Notei que ele estava ficando cada vez mais furioso. Quando o oficial deu um passo em direção à minha mãe, resolvi falar:

— Na cozinha! — eu disse.

O alemão virou-se para mim com seus frios olhos azuis e depois acenou com a cabeça para o policial judeu, que carregava um saco.

— Seus objetos de valor — disse o oficial. — Já. Ou serão todos levados embora.

Alguém gritou do outro lado do corredor. A velha senhora Immerglick e sua família estavam sendo levados à força por soldados alemães. Seu filho, um homem da idade de meu pai, tinha sangue escorrendo pela testa.

— Deem a eles tudo o que quiserem! — eu berrei.

As outras famílias de nosso apartamento correram para entregar ao oficial nazista todos os seus pertences escondidos: pequenas joias, um relógio de bolso, um punhado de zlotys. O membro do Judenräte voltou da cozinha com muito mais do que apenas o rádio dentro do saco e foi para os quartos, à procura de mais objetos de valor.

O oficial alemão arrancou o colar do pescoço de minha mãe e puxou a aliança de seu dedo. Ela se encolheu diante dele, mas não disse uma palavra.

— Este apartamento pode ficar — disse o oficial alemão, guardando no bolso as joias de minha mãe. — Mas, da próxima vez, abram a porta mais rápido, ou serão enviados para o leste junto com os outros.

— Sim, senhor. Faremos isso, senhor! — eu disse.

Quando os dois homens partiram, ficamos paralisados, ouvindo os gritos e soluços vindos de andares acima e abaixo de nós. Lá fora, na rua, estacionaram dois caminhões militares grandes cinza, para onde judeus de nosso prédio e de todos os prédios vizinhos foram bruscamente conduzidos por soldados alemães. Eles não levavam nada consigo: nem malas, nem roupas adicionais, nem comida, nem pertences pessoais. Aonde quer que fossem, teriam de se virar sem tudo isso.

Um ruído veio do corredor. As portas de nosso apartamento e do apartamento dos Immerglick ainda estavam abertas. Avistei uma mesa e um abajur caídos no apartamento deles, e nada mais. Por que os Immerglick e as famílias que moravam com eles haviam sido levados e nós não? O oficial disse que foi porque entregamos nossos objetos de valor, mas os Immerglick tinham rádio, joias e dinheiro, como nós. Os alemães levaram os Immerglick simplesmente porque assim quiseram.

Um tiro ecoou na rua, assustando a todos novamente.

— Yanek — sussurrou o senhor Rosenblum. — A porta.

Olhei para minha mãe, mas ela estava muito distante dali. Olhava fixamente o tapete aos nossos pés, sem qualquer sinal de emoção no rosto. Nem ao menos sei se ouviu o tiro. Na ponta dos pés, fui até o hall de entrada e fechei a porta, trancando a fechadura com um leve estalo. Não me senti nem um pouco mais seguro.

Assim que estavam carregados, os caminhões partiram. Nunca soubemos para onde foram. Até onde eu sabia, meu pai podia estar em um deles.

Minha mãe sentou-se à mesa, com a mente ainda distante. A essa hora do dia, ela geralmente estava na cozinha, fazendo almoço com as rações disponíveis, mas isso não seria possível. Nossa despensa fora esvaziada durante a batida policial. Não tínhamos nada para comer.

As outras famílias foram examinar o que fora levado dos quartos e o que restara. As irmãs Rosenblum pareciam estar competindo para ver quem chorava mais alto, então saí para o corredor. A porta do apartamento dos Immerglick permanecia aberta e havia alguém lá dentro. Era o senhor Tatarka, um morador de nosso andar. Ao ouvir o som da porta atrás de mim, virou-se rapidamente. Carregava uma das elegantes poltronas acolchoadas dos Immerglick. Ele abriu a boca para dizer alguma coisa, ficou atrapalhado e em seguida saiu, passando por mim apressadamente. Levou a poltrona com ele.

Andei pelo corredor do andar, espiando todos os cômodos vazios: quatro apartamentos, dezesseis famílias, todas levadas. Apenas dois apartamentos tinham as portas fechadas: o nosso e o dos Tatarka. Havia cinco apartamentos vazios no andar de cima, mas apenas três no último. Talvez os alemães tivessem se cansado de subir tantos degraus.

Voltei às escadas e percebi, pela primeira vez, que havia mais um lance, embora aquele fosse o último andar. Eu nunca tivera amigos no último andar, portanto subira ali apenas uma ou duas vezes para levar algum recado. Parei no vão das escadas, atento a algum indício de uma nova invasão dos alemães, mas estava tudo quieto. Subi o lance adicional.

Ao final, havia uma porta de aço grande. Abri uma fresta e olhei para fora. O telhado! A porta dava para o telhado! Como é que eu nunca soubera disso? Mas, mesmo que soubesse, meus pais nunca teriam me deixado subir ali. Não no passado, quando coisas como hora de dormir, lição de casa e lugares seguros para brincar ainda tinham importância. Nada disso importava mais; empurrei a porta e saí para o telhado do prédio.

Era plano e coberto de cascalho, com alguns canos e tubos surgindo do piso aqui e ali. A beirada, pintada com alcatrão preto, tinha aproximadamente meio metro em toda a volta. O mais estranho de tudo era um pequeno barraco de madeira encostado à grande chaminé de tijolo. Tinha uma porta fina de madeira, e, ao entrar, encontrei pilhas de lixo, penas e excremento de pássaro. Um pombal! Do senhor Immerglick, provavelmente. Quando eu era pequeno, a única coisa que eu sabia sobre o velho que morava no apartamento em frente era que gostava de pombos, mas nunca imaginei que mantivesse um pombal no telhado. Os pombos se foram, assim como o senhor Immerglick, que morrera um ano antes da chegada dos nazistas. Mas esse barraco no telhado... Com alguns reparos, uma faxina, talvez uma ligação aos cabos de força que chegavam ao prédio pelo telhado... Minha cabeça estava a mil.

Desci voando as escadas e entrei correndo no apartamento.

— Mamãe! — gritei.

Encontrei minha mãe na cozinha, abraçando meu pai. Ele estava vivo!

Vendo-me tão agitado, ele se separou dela, preocupado.

— O que foi, Yanek? — perguntou. — Eles estão voltando?

— Não! Não. Quero lhes mostrar algo que achei. Venham rápido!

Meus pais me seguiram pelas escadas andando, quando eu queria que corressem. Finalmente, puxei-os para o telhado e mostrei o pombal.

— Não percebem? Com uma pequena reforma, podemos viver aqui!

— Deixar o apartamento? — perguntou meu pai.

— Apenas nós três — expliquei. — Está tão cheio lá embaixo. Aqui, teremos nosso próprio espaço. Podemos esfregar o chão e as paredes, fazer uma faxina. E posso conectar uma lâmpada, a lâmpada de meu projetor! E uma chapa elétrica para cozinhar. Não há banheiro, mas podemos continuar usando o do apartamento. E a chaminé nos manterá aquecidos no inverno.

— Eu não sei, Yanek — disse meu pai.

Minha mãe não entrou no pombal. Ficou do lado de fora, olhando fixamente a grande porta de aço que separava as escadas do telhado.

— Podemos trazer cadeiras — eu disse a meu pai. — E um colchão, e...

— Barras — disse minha mãe.

Foram as primeiras palavras que eu a ouvi dizer desde que os nazistas invadiram o apartamento. Ela continuou encarando a porta; eu sabia que, em sua mente, ainda estava revivendo aquele momento.

— Podemos colocar barras... na porta? — ela perguntou.

Meu pai saiu do pombal e pôs o braço em volta do ombro dela.

— Sim, Mina. Arrumaremos o barraco e viveremos aqui, e colocaremos barras na porta. Yanek e eu cuidaremos disso.

Cedemos nosso apartamento para os Rosenblum. Os Brotman já estavam se mudando para o apartamento dos Immerglick. Logo todos os apartamentos do prédio estariam apinhados de gente, à medida que mais judeus chegavam ao gueto. Mas, ao menos por algum tempo, nós todos viveríamos como pessoas normais.

Enquanto meu pai e eu limpamos o pombal, minha mãe ficou no telhado costurando bolsos ocultos nos forros de nossos casacos. Dentro deles, escondeu todo o dinheiro e objetos de valor que nos restavam. Naquele dia inteiro, porém, ela não disse nenhuma outra palavra.

Meu pai e eu achamos quatro barras de aço pesadas no porão. Ao pôr do sol, instalamos a última delas na porta do telhado. Eram corrediças e fáceis de tirar quando quiséssemos sair, mas ninguém que estivesse dentro do prédio poderia abrir a porta.

— Pronto — eu disse à minha mãe. — Nunca mais invadirão nossa casa.

CAPÍTULO 6

O pombal tornou-se a nossa casa, sem que os nazistas tomassem conhecimento.

Eu já estava crescido demais para ficar dentro de casa o tempo todo. Substituí minha mãe na fila das rações, e às vezes meu pai e eu éramos tirados das ruas para trabalhar fora do gueto. Mas todos os dias retornávamos ao nosso pequeno santuário no telhado, trancando a porta firmemente com as barras de aço para nos proteger. Minha mãe voltou a falar e a sorrir, mas vez por outra eu a pegava olhando a porta do telhado, e sabia no que ela estava pensando.

As invasões domiciliares continuaram, sem aviso, lentamente sangrando o gueto de tudo o que ainda tinha de valor. E uma vez por semana (no sabá) os nazistas realizavam "reassentamentos", ocasiões em que levavam mais gente embora. Eram milhares de pessoas por vez, amontoadas em caminhões e transportadas para vilarejos "no leste". Alguns que conseguiam escapar e voltar escondidos ao gueto contavam histórias de campos onde os judeus eram forçados a trabalhar até morrer. Meu pai me disse para não dar atenção a esses rumores, mas, mesmo assim, trancávamos cuidadosamente a grande porta de aço do telhado todas as noites, e nos abraçávamos assustados sempre que ouvíamos os gritos e prantos de um novo reassentamento.

Eu já tinha quase 13 anos e mal conseguia me lembrar de ter levado outro tipo de vida, com exceção de meus devaneios com comida. *Bigos*, um ensopado com carne, cogumelos e chucrute. Frango assado. Salada de pepino. Tortinhas *pierogi* recheadas com batata, queijo e cebola, fritos na manteiga. *Cheesecake*, torta de maçã. Eu teria trocado as rações de uma semana inteira só para provar novamente a deliciosa sopa de tomate da minha mãe. A cada dia eu ficava mais magro, até a fome tornar-se uma companheira constante. Eu aguardava ansiosamente a chegada da noite e o bendito alívio proporcionado pelo sono. A única hora em que eu não pensava em comida era quando estava dormindo.

Num dia frio de fevereiro, o diretor do Judenräte convocou uma reunião com todos os moradores do gueto na praça Zgody, e meu pai e eu fomos ouvir o que ele tinha para dizer. O diretor não era uma figura popular. Os membros do Judenräte eram odiados no gueto por trabalhar com os nazistas. Mas quem fosse selecionado pelos nazistas para trabalhar no Judenräte e se recusasse era fuzilado ou enforcado, portanto não havia muita escolha. É verdade que alguns policiais do Judenräte gostavam um pouco demais de seu trabalho, mas havia outros que tentavam obedecer às ordens dos alemães sem tornar as coisas mais difíceis para seus colegas judeus.

A praça estava cheia, mas nem todos os moradores do gueto estavam lá. Havia vários ausentes, como o próprio diretor percebeu. Ele olhou para o relógio uma última vez e inclinou-se para falar ao microfone:

— Quando eu convoco uma reunião, todos devem comparecer! — ele disse. — Avisem seus vizinhos. Esconder-se não ajuda em nada!

Lancei um olhar nervoso na direção de meu pai.

— Temos medo de sermos levados daqui! — gritou alguém.

— Ou mortos nas ruas! — disse outra pessoa.

O diretor fez um gesto pedindo silêncio.

— Meus amigos, venho até vocês com um pedido terrível, mas do qual não tenho como fugir. Os nazistas querem sete mil judeus para serem deportados do gueto de Cracóvia amanhã de manhã.

Murmúrios, prantos e gritos irromperam entre a multidão. *Sete mil judeus!*, pensei, tentando apreender um número tão grande. Os reassentamentos ainda eram frequentes, mas nunca numa escala tão grande. Nunca tanta gente assim.

— Não há nada que possamos fazer! Sete mil pessoas *serão* deportadas! Mas podemos escolher quem vai e quem fica.

— Isto é, *você* pode escolher! — gritou alguém.

— Os alemães precisam de trabalhadores eficientes e saudáveis aqui no gueto — disse o diretor.

— Você chama isso de saudável? — gritou um homem. — Não como carne há um ano!

Outros gritaram furiosamente, dizendo-se famintos. Eu concordei com a cabeça, sentindo as dores de minha própria fome.

— Se provarmos que somos úteis para o esforço de guerra alemão, poucos de nós serão levados. Eles nos manterão aqui, vivos! — disse o diretor. — Portanto, temos de considerar cuidadosamente quem vamos mandar e quem vamos deixar. Temos de escolher os que não podem trabalhar.

Novos murmúrios entre a multidão.

— A quem ele está se referindo? — perguntei a meu pai.

Todos no gueto trabalhavam. Até minha mãe já fora apanhada nas ruas e levada para as fábricas.

— Meus amigos — disse o diretor —, devo estender meus braços e implorar: pais, mães, entreguem-me seus filhos.

A multidão na praça explodiu em raiva. Gritos furiosos irromperam de todas as bocas. Punhos cerrados socaram o ar. Uma garrafa verde vazia voou pelo alto e se estilhaçou na base do palco onde estava o diretor. Fiquei com medo, mas também estava furioso. Agarrei meu pai pelo braço.

— Elas irão para um lugar melhor! — disse o diretor, esquivando-se de uma pedra. — As crianças serão enviadas a campos de reassentamento.

— Campos de trabalho forçado! — berrou alguém ao meu lado.

— *Campos de extermínio!* — gritou outra pessoa.

— *Estou tentando salvar vidas!* — urrou o diretor. — Entendam isso! O que é melhor: quarenta mil permanecerem aqui ou a população inteira morrer? Temos de escolher!

— Eles não podem fazer isso — eu disse ao meu pai. — Por que ele é quem decide quem vai e quem fica?

Aos poucos, comecei a entender a situação: eu seria enviado a um campo. Seria enviado para longe de meu pai e de minha mãe. Longe de meu lar!

A multidão gritou e discutiu com o diretor, avançando sobre o palco. Meu pai me pegou pelos ombros e me conduziu para fora dali.

— Venha, Yanek. Vamos embora.

Eu não podia acreditar no que acabara de ouvir.

— Como ele pode fazer tal coisa, papai?

— Porque os nazistas prometeram não o levar nem ninguém de sua família, e as pessoas fazem qualquer coisa para proteger a família. Ele, mais do que ninguém, devia saber disso.

— Eu não quero ir. Não deixe que me levem — eu disse.

Sentia que estava tremendo, mas não queria que meu pai percebesse o quanto eu estava apavorado.

— Não deixo — meu pai me disse. — Eu o protegerei. — Ele sorriu. — Além disso, amanhã você não será mais criança, não é mesmo? Ou pensa que eu esqueci que é seu aniversário?

Na verdade, eu tinha achado que ele (e mamãe também) ia esquecer. Não havia mais nada para diferenciar os dias agora, exceto o sabá, que, de todo modo, observávamos em segredo. Mas eu sabia. No dia seguinte, seria meu 13º aniversário, quando oficialmente me tornaria um adulto.

— Sua mãe e eu não comentamos nada porque será impossível você ter um *bar-mitzvá*. Se nos pegarem celebrando, seremos todos mortos.

Concordei com a cabeça. Eu esperava ansiosamente pelo meu *bar-mitzvá* havia vários anos, mas não iria mais acontecer. Não havia como.

— Mesmo assim — disse meu pai, como se pudesse ler meus pensamentos —, vamos celebrá-lo.

— Mas como?

— Esta noite — meu pai me falou — não troque de roupa para dormir.

Naquela noite fiquei virando e revirando na cama, totalmente vestido. *Meu* bar-mitzvá, pensei.

Bar-mitzvá é a cerimônia em que um menino judeu se torna homem, a primeira vez em que lê uma passagem da Torá em voz alta. Normalmente, todos os meus colegas de escola e meus tios, tias e primos estariam presentes para minha leitura na sinagoga. Haveria um *kiddush*, uma enorme refeição, depois da cerimônia, com chalá — um pão trançado, adocicado e macio —, batatas, frango... Meu estômago roncava só de pensar. Mas é claro que não haveria mais sinagoga nem chalá, batatas ou frango.

Algumas horas devem ter se passado antes de eu ouvir meu pai se levantar. Minha mãe também. Sentei-me na cama e esperei meu pai vestir o sobretudo.

— Temos de fazer silêncio — sussurrou ele. — Como na noite em que fomos à padaria de Abraham.

Acenei com a cabeça e me levantei. Minha mãe aproximou-se de mim e me deu um forte abraço.

— Volte para mim um homem, meu Yanek. Mas volte.

— Voltarei — prometi a ela.

Minha mãe beijou-me o rosto e nos acompanhou até a porta de aço que protegia nosso lar no telhado, repondo as barras de metal no lugar quando saímos. Descemos silenciosamente as escadas de nosso prédio. Não estava nevando nessa noite, mas fazia frio. Podíamos ver a fumaça de nossa respiração saindo pelo nariz. Enfiei as mãos bem fundo nos bolsos, lamentando que minhas luvas não servissem mais em mim.

Meu pai me conduziu novamente por ruas e becos estreitos. Ao dobrar uma esquina, deparamos com outro caminhante clandestino. Era um garoto judeu carregando algo num saco sobre o ombro, provavelmente comida contrabandeada por um buraco no muro. Os três nos assustamos, até ficar claro que nenhum de nós era um nazista. Depois, cada um tomou seu caminho sem dizer uma palavra, ainda mais cautelosos que antes. Fomos em direção ao muro, e primeiramente achei que meu pai ia me levar para fora do gueto. Entramos em um antigo armazém abandonado ao lado do muro na rua Dabrowki. Quase todas as janelas estavam quebradas e expostas ao vento sibilante, e o piso de madeira estava podre e cheio de buracos. Nos fundos do prédio, havia uma escada estreita e precária por onde descemos, ocasionalmente pisando em falso, até o porão. Não era exatamente onde eu imaginara celebrar um dos eventos mais importantes de minha vida, mas segui meu pai sem dizer uma palavra.

Alguns homens nos esperavam no porão: meus tios Abraham e Moshe, meu primo Dawid, dois homens que reconheci como amigos de meu pai e outros três que eu não conhecia. Um deles trazia um conjunto de rolos da Torá em um saco de estopa, possivelmente salvo do incêndio de uma das sinagogas do gueto.

Os homens nos cumprimentaram em voz baixa. Normalmente, meus tios e primos teriam nos abraçado e conversado, mas o medo de infringir o toque de recolher fez com que todos se calassem. Meu estômago roncou alto no porão silencioso, lembrando-me de que, já que eu estava acordado, deveria lhe conseguir alguma comida.

A escada rangeu atrás de nós, e todos nos viramos. Meu coração estava na boca. Se fôssemos descobertos ali, reunidos com a Torá na mão, eu nunca me tornaria um homem. Seria imediatamente morto. Mas os calçados que vimos descendo a escada não eram as reluzentes botas de um oficial da SS, o exército nazista; eram os sapatos de couro marrom de nosso vizinho, o senhor Tatarka.

— Agora temos os dez homens para compor o minian — sussurrou meu pai, sorrindo para mim. — E logo seremos onze. Lamento que você não tenha tido mais tempo para seus estudos, Yanek. Faça o melhor possível.

Os rolos da Torá foram tirados do saco e abertos para que eu pudesse fazer a leitura. Meu hebraico era sofrível. Não fosse a chegada dos nazistas, eu teria me preparado, praticando uma ou duas vezes por semana na sinagoga. Mas isso, é claro, tinha sido impossível. Li os textos desajeitadamente e, se cometi algum erro, nem Deus nem homem nenhum acharam por bem me repreender.

Quando terminei, meu pai fez uma oração me abençoando, substituindo nosso rabino que fora morto pelos alemães. Ele rezou em hebraico e depois falou em polonês:

— Yanek, meu filho — ele me disse, com um olhar sério —, você agora é um homem, com todos os deveres de um homem perante a lei judaica. Você agora é responsável pelos seus próprios pecados, mas também pela sua própria bondade. Lembre-se do ensinamento do Talmude: a vida nada mais é do que um rio, sem começo, meio ou fim. Tudo o que somos, tudo o que valemos, é o que fazemos ao flutuar sobre ele: como tratamos nossos semelhantes. Lembre-se disso e você será um homem bom.

— Eu lembrarei, papai — respondi.

Eu esperara e ansiara por esse dia por anos. De repente, já não importava que não estivéssemos em uma sinagoga, que não houvesse um banquete nos esperando. O sorriso no rosto de meu pai me encheu de orgulho.

Todos os homens me cumprimentaram e me desejaram felicidades dizendo *mazel tov*, antes de saírem apressados.

— A maioria partirá esta noite — Moshe nos contou. — Tentarão escapar da deportação de amanhã. Sete mil! Nunca houve um número tão grande.

— Nós sobreviveremos — meu pai comentou. — Venha se esconder conosco no pombal.

— Oskar e seu rio — disse tio Moshe. — Tente colocar algum juízo na cabeça dele, Yanek, agora que você é um homem. O homem que adormece no rio se afoga.

CAPÍTULO 7

— Judeus de Cracóvia! — berraram os alto-falantes. — Levantem-se! Levantem-se! Mexam-se! Sete mil voluntários são requisitados para os campos de reassentamento!

Os voluntários solicitados não haviam se apresentado na praça Zgody no dia seguinte, e os alemães não estavam contentes. Pouco depois de amanhecer, circularam pelas ruas do gueto em caminhões equipados com grandes alto-falantes, bradando para que saíssemos.

— Será pior se vocês se esconderem! — gritaram. — Saiam agora e todos serão perdoados.

Eu não acreditava neles. Ninguém acreditava. Tio Moshe, tia Gizela e minha prima Zytka estavam conosco. Tinham decidido se esconder em nosso pombal, assim como todos os meus outros tios, tias e primos. Éramos doze pessoas apinhadas dentro do pequeno barraco no telhado. Estava lotado, mas não podíamos recusar ninguém. Todos estavam apavorados com essa nova operação. Já víramos reassentamentos demais para não a levar a sério. Pelo menos nos mantínhamos aquecidos, amontoados daquele jeito no pombal. Não podíamos acender o fogo, ou a fumaça nos denunciaria.

Um tiro ecoou no ar. *Bam*! Uma mulher gritou. *Rá-tá-tá-tá-tá-tá-tá-tá* soou uma metralhadora. Abri caminho até a pequena janela do pombal, onde havíamos pendurado um cobertor para nos ocultar.

— *Yanek, não* — sussurrou minha mãe, mas eu precisava ver.

Do outro lado da rua, havia um prédio que fora transformado em hospital, e eu observei, por um buraco na cortina, os nazistas empurrando os pacientes para fora. Alguns estavam fracos demais para andar e caíram na calçada, implorando por misericórdia.

— O que está acontecendo? — perguntou tio Moshe.

Meu coração estava na boca, mas consegui responder:

— Os doentes e idosos estão sendo expulsos do hospital.

— Não podem estar sendo levados para campos de trabalho forçado ou de reassentamento — disse Moshe, num tom de voz calmo, porém sério. — Nunca levariam doentes e idosos para trabalhar. Estão sendo levados para morrer, junto com todos os outros!

Enquanto eu olhava, os nazistas aproximaram-se por trás dos pacientes do hospital e começaram a atirar. Corpos caíam sobre corpos, formando uma pilha grande na rua. Os gritos eram horríveis.

Afastei-me da janela, incapaz de continuar assistindo àquilo.

— Não — eu disse. — Eles não estão sendo levados para lugar nenhum. Estão sendo mortos aqui mesmo.

Nem mesmo tio Moshe achou palavras naquele momento. Minha mãe agarrou minha mão e me puxou para junto dela. Ficamos ali sentados durante horas, ouvindo os tiros e gritos na rua, meus primos menores se apertando às suas mães, choramingando ocasionalmente.

Eu estava tão apavorado quanto eles, mas controlei minhas lágrimas. Lembrei a mim mesmo que já era um homem. Era um homem e queria *fazer* alguma coisa. Alguma coisa para deter os nazistas. Para salvar minha família. Eu me perguntava seguidamente o que poderia fazer para ajudar, mas não obtinha resposta.

Blam-blam. A porta grande de metal que dava para o telhado sacudiu; alguém estava tentando passar! Prendi a respiração e escutei. *Blam-blam*. *Blam-blam*. As barras de aço resistiriam? Quem estava do outro lado começaria a atirar? Observei os olhos de minha mãe se arregalarem novamente, seu peito arfar com a respiração cada vez mais rápida. Parecia prestes a gritar, o que decerto nos denunciaria. Meu pai abraçou-a fortemente, segurando o rosto dela contra seu ombro. *Blam-blam. Blam-blam.* Esperei pelo tiro, esperei, esperei... mas, então, por algum motivo, o barulho da porta parou e quem estava ali, seja lá quem fosse, foi embora. Ficamos imóveis, não ousando nem respirar, esperando alguém tentar entrar de novo. Mas passou uma hora, depois outra e mais outra, e ninguém voltou.

Ao final daquele dia, os caminhões circularam pelas ruas novamente com um novo recado para nós.

— Judeus de Cracóvia! A menos que todos compareçam à praça Zgody para seleção, este gueto será liquidado! Se não saírem de suas casas até as 18 horas, cada um de vocês será sumariamente executado ao ser encontrado!

— "*Liquidado*", ouviram isso? — disse tio Abraham. — Liquidado, como se fosse uma decisão empresarial. Eles se livrariam de nós como se fôssemos sapatos velhos.

— Temos de sair — disse Moshe, levantando-se. — Vocês ouviram. Seremos mortos se não sairmos.

— Seremos mortos se sairmos! — eu retruquei.

— Disseram que o gueto só será liquidado se não sairmos. Ficar escondido é selar nossa sentença de morte — afirmou Moshe.

— Não! — eu disse. Senti meu pulso acelerado. — Não podemos confiar neles! É um truque! Tenho certeza disso. É um truque para nos tirar de nosso esconderijo!

— Você ainda é um menino, Yanek, embora já tenha feito seu *bar-mitzvá*. Ouçam-me, todos vocês. Se ficarmos aqui e formos descobertos, seremos mortos — argumentou Moshe. — Ele abriu a porta do pombal e continuou: — Temos de sair agora. Se obedecermos às ordens deles, talvez nos deixem viver.

Uma discussão entre meus tios e primos começou. Dawid concordava com Moshe. Abraham queria ficar. Minhas tias também discutiam, e as crianças menores começaram a chorar. Olhei para meus pais para ver o que eles queriam, mas o rosto de minha mãe ainda estava enterrado no ombro de meu pai, que a confortava. Meus olhos ficaram marejados. Eu não era um menino. Não mais. Não depois de meu *bar-mitzvá*. Não depois de um ano no gueto de Cracóvia. Eu sabia que agora precisava agir como adulto, por meus pais. Por todos.

Empurrei tio Moshe de lado e andei com passos firmes até a grande porta de metal. Arranquei as barras de aço e escancarei a porta ruidosamente.

— Pronto — eu disse. — Vão! Se desejam tanto sair, se querem se entregar nas mãos daqueles assassinos, então podem ir! Mas eu não vou. Já vi o que os nazistas pensam de nós. Como nos tratam. Todos nós já vimos. Se nos encontrarem aqui, nos matarão. Mas, se descermos por conta própria, nos matarão com certeza! Ficando aqui, ao menos temos uma chance de não sermos descobertos. É um risco que estou disposto a correr.

Meu desabafo calou a todos. Ficaram se olhando sem falar nada, até que meu pai se levantou.

— Yanek fala com a sabedoria do profeta Isaías — disse calmamente, e depois citou: — "Vinde, meu povo... e fechai as portas atrás de vós; escondei-vos por algum tempo até que a ira desapareça". — Ele limpou a garganta, olhou em volta e afirmou: — Mina e eu também vamos ficar.

Um a um, os outros concordaram, até que, no final, inclusive tio Moshe se sentou e ficou em silêncio. Eu fechei a porta e recoloquei as barras de aço no lugar, certificando-me de que estavam bem presas. A noite caiu, e com ela vieram mais sons de tiros, mais gritos nas ruas lá embaixo. A deportação durou dois dias. Mas, no terceiro dia, ao nascer do sol, não havia mais caminhões nas ruas nem tiros nem nazistas. Não liquidaram o gueto inteiro, como haviam prometido. Uma vez cumprida a cota, foram embora.

Sete mil judeus haviam sido reunidos e levados embora para morrer, mas nós não estávamos entre eles.

CAPÍTULO 8

Após a deportação, os lamentos de velhas senhoras eram ouvidos em quase todas as janelas e portas do gueto. Sete mil maridos e pais, esposas e mães, irmãos e irmãs e crianças haviam sido levados para a morte — pelo menos era isso que nos contavam os sobreviventes.

Segundo rumores segredados nas ruas, os fuzilamentos nos bosques davam trabalho demais aos nazistas. Os judeus estavam sendo envenenados com gás dentro de caminhões e seus corpos eram fervidos para fabricar sabão, diziam. Meu estômago revirava só de pensar. Houve novas deportações, mas durante algum tempo foram seleções menores, iguais às anteriores, e minha existência no gueto — eu não vivia, meramente existia — voltou ao que era antes. Quem podia trabalhar não era levado, portanto meu pai e eu nos apresentávamos todas as manhãs relutantemente para os grupos de trabalho. Eu fui selecionado para ajudar na alfaiataria. A tarefa em si não era muito pesada, mas era como se a minha vida anterior — escola, amigos, tempo para brincar e ler — pertencesse a um mundo totalmente diferente.

Certa tarde, depois do expediente, tomei uma decisão que seria determinante: fui à casa de um amigo, em vez de retornar para o esconderijo de minha família no telhado do prédio. Se eu tivesse voltado direto para casa, se eu tivesse saído com meus pais para buscar nossas rações, é possível que os acontecimentos tivessem tomado um rumo totalmente diferente.

As ruas do gueto estavam vazias quando finalmente tomei o caminho de volta para casa naquele dia. Isso só podia significar uma coisa: outra deportação. Quando os nazistas vinham recolher judeus, todos os que viviam nas ruas procuravam um lugar para se esconder. Se não o fizessem, seriam levados. Homens e mulheres que tinham casas caminhavam rapidamente de cabeça baixa por becos e vielas secundários. Desci sorrateiramente a rua Limanowskiego, pronto para me enfiar atrás de algum pedaço de mobília quebrada ou me esconder em uma pilha de trapos caso ouvisse nazistas por perto.

Estava quase chegando em casa quando ouvi brados de oficiais alemães se aproximando da esquina e o som de sapatos se arrastando no asfalto. Varri a área com os olhos à procura de um lugar para me esconder, mas não havia nenhum. Eu me espremi no canto oposto de uma pequena escadaria na frente de um prédio e tentei desaparecer nas sombras.

Os oficiais nazistas marcharam pela rua à minha frente. Bastava que virassem a cabeça para me ver, mas mantiveram os olhos à frente, seguidos por um grupo desordenado de judeus capturados. Eu os observei passar, cerca de cem judeus, todos de cabeça baixa e tão silenciosos quanto um túmulo.

Espere um pouco. Ali. No meio daquelas pessoas. Gelei.

Eram minha mãe e meu pai?

Fiquei na ponta dos pés, tentando identificar mais claramente aquela massa de gente, mas o ângulo havia mudado. Fiquei totalmente exposto, com a cabeça e os ombros bem acima do topo da pequena escadaria, mas não me importava. Meus pais estavam naquela deportação? Talvez eu tivesse visto apenas um casal parecido.

Tive vontade de gritar. Quase corri até o grupo de judeus em marcha chamando o nome de meus pais, para descobrir se eram realmente eles. Mas me controlei ao ver os oficiais da SS na retaguarda. Se meus pais não estivessem sendo levados naquele momento, eu seria pego e nunca mais os veria. Mas se *fossem* realmente eles...

Assim que os prisioneiros passaram com seus guardas, saí em disparada para casa, correndo sem cessar. Irrompi pela porta do prédio, subi as escadas rapidamente e esmurrei a grande porta de metal que dava para nosso esconderijo no telhado. As barras ainda estavam no lugar, o que era bom sinal. Isso significava que havia alguém ali. Rezei para que fosse minha mãe e chamei seu nome enquanto golpeava a porta. Ouvi as barras de aço sendo retiradas e parei de bater, com o coração a mil. A porta foi aberta; do outro lado estava minha prima Sala, com lágrimas escorrendo pelo rosto.

— Não — eu disse. — *Não*!

Minhas pernas fraquejaram e fechei os olhos para suportar a verdade que se anunciava.

— Yanek — disse Sala. — Yanek, graças a Deus você está bem.

— Onde eles estão? — interpelei, embora já soubesse. — Sala, onde estão meus pais?

— Eu sinto muito, Yanek. Os nazistas os pegaram quando voltavam da padaria. Eu os vi sendo levados, bem ali na rua, na frente do prédio.

Cambaleei até a porta e adentrei o pombal que fora nosso lar, nosso santuário, por mais de um ano. Estava totalmente vazio.

Caí de joelhos e chorei. Sala pôs a mão em meu ombro, mas eu mal a senti. Mamãe. Papai. Eles se foram. Minha família se fora. Tive a sensação de que meu coração estava sendo arrancado do peito.

Aquele pombal vazio foi um peso enorme para mim. Eu era o único que restara. Como ia sobreviver? *Por que deveria sobreviver? Talvez fosse melhor me render logo aos nazistas*, pensei, amargurado e derrotado.

Não, ponderei.

Limpei as lágrimas na manga da blusa. Não era isso que meus pais desejariam para mim. A dor deu lugar a um sentimento de determinação.

Eu não ia desistir. Eu não ia me entregar. Não importava o que os nazistas fizessem comigo, não importava o que tirassem de mim, eu ia sobreviver.

Eu tinha 13 anos e meus pais haviam sido levados.

Eu estava sozinho no mundo, mas ia sobreviver por conta própria.

CAMPO DE CONCENTRAÇÃO DE PLASZÓVIA

1942-1943

CAPÍTULO 9

Certo dia, os nazistas me pegaram no trabalho.

Eu ainda estava na alfaiataria em Cracóvia, na esperança de que isso me salvasse das deportações. Mas meu ofício acabou sendo a razão pela qual fui levado. A alfaiataria em Plaszóvia, um campo de trabalhos forçados próximo, precisava de mais mão de obra, disseram-nos. Assim, fomos levados.

Eu sabia que esse dia chegaria. O restante de minha família já havia sido levado nos dias e semanas subsequentes à deportação de meus pais. Tio Moshe desapareceu com um grupo de trabalho. Tio Abraham e tia Fela foram arrancados de casa durante uma deportação. Os primos Sala, Dawid e seus dois meninos foram tirados da fila do pão. Tia Gizela e a pequena Zytka compareceram voluntariamente a uma seleção na praça Zgody, na esperança de que os nazistas mantivessem suas promessas sobre os reassentamentos. No verão de 1942, só restava eu, o único membro de minha família remanescente no gueto de Cracóvia. Achei que estaria preparado quando chegasse a minha vez, mas não estava.

Fomos carregados em um caminhão, e todas as histórias de horror que eu ouvira de repente se tornaram realidade. Os nazistas estavam mentindo? Íamos morrer? Estávamos sendo levados para o bosque para sermos fuzilados? Eu entrei em pânico, procurando um meio de escapar — do caminhão, de Plaszóvia, desse pesadelo que já engolira meus pais e todos os meus entes queridos. Mas o caminhão era vigiado por nazistas com metralhadoras. Nem precisavam apontá-las em minha direção para deixar claro o recado: era seguir com o caminhão para onde ele estava me levando ou morrer ali mesmo, nas ruas de Cracóvia. Eu jurara a mim mesmo que ia sobreviver; portanto, optei pela alternativa que me manteria vivo, nem que fosse apenas por ora, e me sentei dentro do caminhão.

As mulheres que trabalhavam comigo imploraram para se despedir de suas famílias no gueto, para avisá-las para onde estavam sendo levadas, mas os nazistas não deram ouvidos. Empurram-nas com seus rifles, ameaçando matá-las se não subissem no caminhão. As mulheres choraram a viagem inteira para Plaszóvia, mas eu não. Estava apavorado, mas não triste por deixar o gueto. Toda a minha família se fora, e eu não tinha mais nenhum pertence de valor. Não me restava mais nada lá.

O caminhão de fato nos levou para Plaszóvia. Era um campo de trabalhos forçados a poucos quilômetros de Cracóvia. Ele parou em frente ao portão do campo, onde mais judeus estavam sendo descarregados de caminhões. Eu não sabia de onde tinham vindo. Cracóvia? Uma das vilas nos arredores da cidade? Outro lugar? Alguns judeus carregavam malas e sacolas; outros, assim como nós, não tinham nada.

— *Schnell! Schnell!* — urrou um soldado alemão para mim. Rápido! Rápido!

Ele me golpeou nas costas com a coronha do rifle e eu perdi o equilíbrio, caindo para a frente. Esfolei as palmas das mãos tentando amortecer a queda, mas isso não foi nada comparado à dor lancinante no ombro. Levantei-me e limpei a terra das mãos ensanguentadas enquanto éramos tocados feito gado.

O campo de Plaszóvia consistia de uma série de construções baixas e compridas, cortadas por ruas de terra e cercadas por arame farpado. Os poucos homens e eu fomos separados das mulheres. Um guarda nos mandou entregar quaisquer objetos de valor e eu lhe dei alguns zlotys que tinha no bolso. Depois disso, mandaram que nós tirássemos a roupa. Relutantemente, removi minha camisa e minhas calças sujas e curtas e joguei-as em uma pilha. Outro soldado me deu um par de sapatos de madeira e um uniforme de prisioneiro listrado de azul e cinza, feito de tecido de lona grosso. Eu os vesti e estiquei os braços para observar minhas novas roupas.

Agora sou oficialmente um prisioneiro, pensei. Quase comecei a rir. Na verdade, eu já era um prisioneiro desde que os nazistas cercaram o gueto de Cracóvia com um muro, mas eu finalmente parecia um.

Depois de recebermos os uniformes, fomos conduzidos à alfaiataria de Plaszóvia por outro prisioneiro vestindo uma braçadeira amarela. Ele nos contou que era um *Kapo*, um prisioneiro encarregado pelos nazistas de supervisionar outros prisioneiros, para que eles não tivessem de lidar conosco o tempo todo. Devíamos obedecê-lo sempre, ele disse, ou sentiríamos a força de seu cassetete de madeira. Àquela altura, já tínhamos consciência de que o melhor era seguir ordens sem abrir a boca.

Havia milhares de prisioneiros em Plaszóvia, a maioria deles com uma estrela de davi no uniforme para indicar que eram judeus. Mas logo aprendi que havia outros prisioneiros também, que usavam triângulos de diferentes cores. As braçadeiras vermelhas eram dos prisioneiros políticos. Verde indicava criminosos. As braçadeiras pretas eram usadas pelos ciganos, embora houvesse poucos deles, já que, em geral, eram imediatamente fuzilados. Roxo significava testemunha de Jeová. Os homossexuais usavam rosa. E todos tinham uma pequena letra no triângulo indicando sua origem: P significava *Pole*, ou "polonês"; T significava *Tscheche*, ou "tcheco"; J significava *Jugoslawe*, ou "iugoslavo". Não havia, entretanto, letras nas estrelas dos judeus. Seja qual fosse nosso local de origem, não tínhamos nacionalidade; éramos simplesmente judeus.

Observando os prisioneiros a caminho da alfaiataria, vi um rosto que me pareceu familiar. Não pude acreditar em meus olhos! Era o tio Moshe!

— Tio Moshe! — chamei. — Tio Moshe! Sou eu! Yanek!

Moshe levantou a cabeça, mas sua expressão era de horror, não de alegria. Tinha os olhos arregalados, e balançou rapidamente a cabeça para mim antes de voltar a encarar o chão.

— Quem gritou aí? Quem foi? — bradou nosso *Kapo*, mandando o grupo parar.

Os prisioneiros olharam para trás para mostrar que não havia sido eles, e eu olhei para trás também, como se estivesse tentando identificar quem tinha gritado. Um dos homens atrás de mim me encarou furiosamente e depois se virou, procurando a origem do grito atrás dele.

— Os prisioneiros permanecerão em silêncio, a menos que sejam interpelados — o *Kapo* nos informou e golpeou um homem nas costas com o cassetete.

Senti meu rosto arder de vergonha enquanto éramos conduzidos à alfaiataria. Que idiota eu tinha sido! Alguém havia apanhado porque eu chamara tio Moshe. Naquele instante, resolvi ficar calado até que pudesse encontrar Moshe novamente e falar com ele em particular.

Trabalhamos o dia inteiro na alfaiataria. O serviço era o mesmo que fazíamos em Cracóvia, só que agora havia mais guardas da SS e frequentemente nos batiam pelo simples fato de sermos judeus. Vi um homem levar um golpe de cassetete tão violento na cabeça que caiu do banco e não se levantou mais. Foi arrastado dali e nunca mais voltou. Entendi então por que a alfaiataria de Plaszóvia sempre precisava (e sempre precisaria) de novos trabalhadores.

À noite, fomos conduzidos aos nossos barracões, onde cada um recebeu um pequeno pedaço de pão e uma tigela de sopa aguada. Eu estava terminando minha magra refeição quando tio Moshe me achou.

— Yanek! — ele disse.

Olhou em volta para se certificar de que o *Kapo* de nosso barracão havia saído e me puxou para um abraço.

Fazia tanto tempo que eu não abraçava alguém que até demorei a abraçá-lo de volta, de tão atordoado. Moshe afastou-se para me examinar e depois me puxou novamente para perto de si.

— Desculpe por não ter cumprimentado você hoje de manhã, mas você viu o que acontece com quem fala sem permissão.

Assenti com a cabeça.

— Yanek, não temos muito tempo — ele sussurrou. — Ouça atentamente: não faça nada para chamar a atenção aqui em Plaszóvia. De agora em diante, você não tem nome, personalidade, família ou amigos. Entendeu? Nada que o identifique, nada que seja importante para você. Só assim poderá sobreviver. Você deve ser anônimo para esses monstros. Não revele seu nome para ninguém. Mantenha-o em segredo aqui dentro — recomendou tio Moshe, batendo com o punho fechado no lado esquerdo do peito.

— Meus pais estão aqui? — eu perguntei, ousando sonhar.

Se Moshe estava vivo, por que não minha mãe e meu pai?

Moshe balançou a cabeça.

— Sinto muito, garoto. Não. A menos que tenham sido levados a outro campo de trabalhos forçados, é provável que estejam mortos. E Plaszóvia, sendo tão perto, é o destino da maioria dos judeus de Cracóvia.

Senti minhas pernas fracas. Tive de sentar na cama para não desabar no chão. Eu sabia que meus pais poderiam estar mortos, afinal, havia rumores sobre os lugares para onde as pessoas eram levadas. Mas acho que, até então, eu nunca realmente acreditara nisso. Não tentei segurar as lágrimas que encheram meus olhos e escorreram pelo meu rosto.

Moshe sentou-se ao meu lado e pôs a mão em meu joelho.

— Mas *você* está vivo, garoto! Isso em si já é uma bênção! É o único outro sobrevivente da família.

De repente, percebi o que Moshe estava dizendo.

— Tia Gizela? A pequena Zytka? — perguntei sobre sua esposa e sua filha.

Foi a vez dos olhos de Moshe se encherem de lágrimas, que ele rapidamente enxugou com as mãos.

— Mortas — ele disse. — Foram mortas pelos nazistas porque não podiam trabalhar.

Perguntei sobre meus outros tios e primos, mas Moshe balançou a cabeça.

— Nós dois somos os únicos remanescentes. Você tem de mostrar que é capaz de trabalhar, garoto, para permanecer vivo.

— Eu trabalho na alfaiataria — eu disse, fungando.

— Ótimo. Ótimo! Qualquer serviço que consiga fora daqui o ajudará a evitar Amon Göth.

— Quem?

— O comandante do campo.

Alguém gritou do lado de fora.

— Conferência — disse Moshe, levantando-se. — Temos de nos alinhar lá fora para sermos contados. Lembre-se: você não é ninguém. Você não tem nome. Não fale, não olhe para eles, não seja voluntário para nada. Trabalhe, mas não tão bem a ponto de chamar a atenção. Gizela. Zytka. Seus pais, Oskar e Mina. Eles estão mortos, Yanek, e choraríamos a morte deles se pudéssemos. Mas temos apenas um objetivo agora: *sobreviver*. Sobreviver a todo custo, Yanek. Não podemos deixar esses monstros nos arrancarem das páginas do mundo.

Acenei com a cabeça, enxugando minhas lágrimas, e segui Moshe para a área aberta onde as conferências eram realizadas. Ficamos alinhados em várias fileiras enquanto os nazistas conferiam os números em nossos uniformes com os registros em suas pranchetas. Foi então que eu compreendi: eles nos espancariam, nos matariam de fome e nos fuzilariam como se não valêssemos nada, mas sempre controlariam nossa presença.

Enquanto os soldados percorriam as fileiras de ponta a ponta, um homem vestindo um impecável uniforme da SS e botas de montaria andou entre os prisioneiros, batendo um chicote contra as próprias pernas, seguido de perto por dois robustos pastores-alemães. O oficial parou diante do prisioneiro ao meu lado e subitamente deu uma ordem aos cães:

— Ataquem! Ataquem! Matem o judeu!

Os dois cachorros, que até então se mostravam totalmente dóceis, transformaram-se de um instante para outro em assassinos selvagens. Pularam sobre o homem e o puxaram ao chão com os dentes. O homem implorou por misericórdia e depois por ajuda, à medida que os cães o dilaceravam bem ao meu lado. Eu *queria* ajudar, *queria* resistir, mas Moshe me advertiu com os olhos e lembrei: eu não era ninguém. Eu não tinha nome. Não deveria chamar a atenção. Então olhei fixamente para o chão, como todos os outros, quieto e imóvel, enquanto o prisioneiro ao lado era destroçado. Quando ele parou de se mexer e gritar, o oficial da SS tirou a pistola e lhe deu um tiro na cabeça.

Göth nos encarou, desafiando alguém a reagir, e depois se afastou, rindo.

E foi assim meu primeiro encontro com o comandante Amon Göth.

Quando a conferência terminou, Moshe foi para o barracão dele, e eu fui para o meu. O homem ao meu lado não foi o único a morrer durante a conferência. Outro fora baleado, supostamente por não ter tirado o chapéu para um dos soldados da maneira correta, batendo-o vigorosamente contra a perna. Tive a sensação de ter sobrevivido a uma batalha.

— Qual é o placar agora? — ouvi alguém perguntar.

Era um dos homens que já estavam no campo quando eu cheguei.

— Göth sete, judeus zero — outro homem respondeu.

— Que número é esse? — perguntei. — Quantos judeus Göth matou desde que vocês chegaram?

— Não — respondeu o homem. — Quantos judeus Göth matou hoje.

CAPÍTULO 10

Amon Göth nunca tomava café da manhã sem antes matar pelo menos um judeu.

Ele gostava de se sentar na varanda do andar de cima de sua casa, que tinha vista para o campo, e atirar em judeus com um rifle enquanto ouvia música no toca-discos. Pouco importava quem você fosse ou o que havia feito. Se você andasse apressado pelo campo de exercícios, tentando não ser atingido, virava alvo. Era preciso andar normalmente, como se não houvesse um louco no alto de uma varanda pronto para atirar, e torcer para que ele não reparasse em você.

A melhor maneira de não ser baleado era não passar por lá.

Eu evitava esse tiro ao alvo diário graças ao meu trabalho na alfaiataria. Saía cedo pela manhã e retornava em tempo para a conferência. Depois, era pão duro e sopa rala no barracão, todas as noites. Tio Moshe fazia o mesmo, trabalhando em uma pelaria fora do campo. Ainda havia a possibilidade de Göth me pegar durante a conferência — ninguém estava a salvo, nem mesmo os *Kapos* —, mas, com a ajuda de Moshe, consegui me manter anônimo o suficiente para sobreviver durante vários meses.

Depois, a alfaiataria fechou. Nunca descobri o motivo, porém, certa manhã, quando os outros alfaiates e eu estávamos reunidos, fomos informados de que nossos serviços não seriam mais necessários. Trocamos olhares nervosos. Sem nosso trabalho fora do campo, ficaríamos expostos a Amon Göth o dia inteiro e, sem realizar serviços especializados, o valor da nossa vida era ainda menor.

Fui alocado para trabalhar construindo novos barracões para as intermináveis levas de judeus que chegavam a Plaszóvia de caminhão e trem todos os dias. Era trabalho pesado: nivelar o terreno, transportar pedras no carrinho de mão, pregar tábuas. E ainda havia a ameaça de Amon Göth e seus cachorros.

Depois que um homem do meu grupo de trabalho foi morto por ser lento demais, tio Moshe negociou suas rações diárias com um *Kapo* para que eu fosse transferido para um trabalho fora do campo.

Eu me apresentei para o novo serviço na manhã seguinte e subi em um caminhão, sem saber para onde iríamos nem o que faríamos. Nenhum de nós sabia. Era um trabalho novo, que ninguém havia feito antes, e estávamos todos um pouco nervosos. Havia sempre a possibilidade de que o trabalho fosse abrir covas no bosque, para depois sermos executados para preenchê-las.

O caminhão parou com um tranco, e os nazistas nos mandaram descer. Mas não tinham nos levado para o bosque nem para outra fábrica. Era o gueto de Cracóvia! Olhamos espantados uns para os outros. Por que haviam nos trazido de volta para o gueto?

Um guarda no portão da rua Lwowska nos deixou passar e percebemos imediatamente o que tinha de diferente: não havia mais habitantes ali. Não havia ninguém nas ruas, ninguém nas casas. O gueto inteiro fora liquidado depois que eu partira. Não havia sinal de vida em lugar nenhum.

— O gueto todo precisa ser limpo — disse-nos um dos nazistas. — Não deve sobrar nenhuma mancha dos judeus.

Recebemos ordens para vasculhar todos os apartamentos à procura de objetos de valor e separar o restante em pilhas no chão, para remoção e descarte. As roupas deviam ser separadas em uma pilha e os objetos domésticos em outra. Não devíamos levar nada conosco ao sair, sob pena de sermos mortos.

Senti um aperto no peito ao caminhar pelas ruas vazias de Podgórze. Fui tomado por várias lembranças. Fazia pouco tempo que eu partira, e os últimos anos passados ali haviam sido um pesadelo. Mas não foi da limpeza de neve, das execuções e da fome que me lembrei. Eu me lembrei das excursões ao mercado com minha mãe. Das visitas à loja de meu pai. Dos jogos de futebol na rua com meus amigos. Esse bairro fora meu lar um dia, e assim seria para sempre, mesmo depois de a "mancha" dos judeus ser totalmente apagada.

Como se para dilacerar de vez meu coração, recebi ordens para limpar o prédio onde eu morava com meus pais. Enquanto outros garotos trabalhavam no andar de baixo, eu subi as escadas. Parei e fiquei num canto onde ninguém podia me ver, recordando.

O senhor Barchwic no segundo andar, cantando junto com o rádio. A senhora Szymansky varrendo o corredor do terceiro andar. A qualquer momento, pensei, a voz de minha mãe virá lá de cima: "Yanek! Vem jantar!". Eu esperei, mas não havia rádio nem varrição nem minha mãe chamando. Nada além do ruído discreto dos garotos limpando os apartamentos do primeiro andar.

Subi as escadas até meu antigo andar e caminhei lentamente pelo corredor. Antigamente, esse corredor era tão familiar para mim que eu o percorria sem prestar muita atenção. Mas agora estava diferente. Reparei nas manchas desgastadas dos tapetes, no pedaço de moldura quebrado no teto, na lâmpada queimada no lustre. Havia um cheiro novo também, algo pútrido, diferente de tudo que eu já sentira antes. Estava mais intenso perto da porta do apartamento do senhor Tatarka. A porta estava entreaberta, e eu terminei de abri-la para espiar lá dentro.

O senhor Tatarka jazia morto no meio da sala da frente de seu apartamento, ao lado da poltrona que roubara dos Immerglick, caído em uma poça de seu próprio sangue.

Ao menos parecia ser o senhor Tatarka. O corpo estava preto e enrugado, um monte de trapos e ossos e...

Cambaleei de volta ao corredor e vomitei. O cheiro, a visão daquele corpo, tudo aquilo foi simplesmente demais para mim. Vomitei novamente, com lágrimas jorrando de meus olhos ardentes, e saí correndo. Não para meu antigo apartamento, que dividíamos com outras três famílias. Em vez disso, corri para o telhado, onde vivíamos apenas eu e meus pais, na segurança e intimidade de nosso pequeno pombal. Atravessei num pulo a porta grande de metal e alcancei o telhado, enchendo os pulmões com grandes lufadas de ar fresco. O cheiro finalmente desapareceu, mas não a memória dele nem a visão do corpo decomposto do senhor Tatarka.

Fiquei um tempo em pé, com as mãos nos joelhos, até minha respiração voltar ao normal, mas eu sabia que tinha de retornar logo. De maneira nenhuma eu deveria chamar a atenção dos nazistas. Entrei no pombal, lutando para afastar todas as lembranças de meus pais. Vasculhei o que sobrara. Alguém vivera aqui depois que eu fora levado — havia um cachecol esfarrapado do qual eu não me lembrava e um cobertor vermelho que não era meu. Mas o velho casaco de meu pai ainda estava ali no canto. Eu sabia que não podia levá-lo, mas, mesmo assim, o peguei e vesti, mais para recordar o cheiro dele do que qualquer outra coisa. Coube bem em mim, como nunca antes, fazendo-me perceber que, apesar de magro e faminto, eu havia crescido. Tinha agora 14 anos e já estava quase da altura de meu pai.

Ao tirar o casaco, senti uma saliência em uma das mangas. Verifiquei com os dedos — havia algo costurado dentro dela. É claro! Minha mãe costurara o dinheiro que nos sobrara dentro do forro de nossos casacos, para que não fosse levado durante uma batida! Olhei fora do pombal para me certificar de que ninguém mais havia subido até o telhado e rapidamente rasguei a costura do casaco de meu pai. Havia *mil zlotys* lá dentro! Vasculhei o resto das coisas, achei meu velho casaco também e rasguei a costura. Mais mil zlotys! *Dois mil zlotys*! Os nazistas obviamente não vendiam comida no campo de trabalhos forçados, mas havia meios de comprar comida trazida de fora. Tio Moshe saberia como!

Usando agulha e linha que sobraram das coisas de minha mãe, rasguei uma das costuras de meu casaco de prisioneiro e costurei o dinheiro por dentro. Eu agora era um exímio costureiro, graças ao meu trabalho na alfaiataria. Terminei rapidamente e fiquei satisfeito com o trabalho. Apenas uma inspeção minuciosa revelaria o dinheiro escondido.

Empilhei apressadamente o pouco que havia no pombal, caso alguém subisse para fazer limpeza, e desci para me juntar aos garotos do meu grupo de trabalho. Já haviam chegado ao andar de cima e ajudei-os a limpar o antigo apartamento de minha família, cuidadosamente evitando o apartamento do senhor Tatarka.

Trabalhamos o resto do dia, separando roupas e objetos domésticos em pilhas diferentes. Eu sempre ia direto para as roupas, correndo os dedos pelas costuras para ver se alguém tivera a mesma ideia de minha mãe, e assim encontrei um par de brincos de diamantes. Enganchei-os por dentro do casaco, embaixo dos braços, torcendo para que não caíssem. Tio Moshe e eu íamos comer bem naquela noite!

Na viagem de volta ao campo, fiquei o tempo todo preocupado, temendo ser descoberto. Mas os guardas ou pensaram que nem tentaríamos tirar algo de lá, ou concluíram que não havia mais nada de valor no gueto para esconder. No geral, eles tinham razão. Não foram apenas as pessoas que foram tiradas do gueto; dois anos de cativeiro, fome e batidas haviam sangrado o gueto de quase tudo o que possuía de valor.

Quando nos reunimos para a conferência, sussurrei ao tio Moshe que viesse ao meu barracão na hora do jantar. Também perguntei qual era o placar.

— Göth dezenove, judeus zero — sussurrou de volta. — Foi um bom dia para tirar você do campo.

Acenei com a cabeça, concordando. Um dia muito bom mesmo.

CAPÍTULO 11

Tio Moshe não acreditou quando lhe mostrei o dinheiro e os brincos. Ele me abraçou e beijou antes de se lembrar de sua própria advertência: nunca demonstre se importar com nada.

— Conheço um homem que trabalha na fábrica de munições — tio Moshe sussurrou. — Ele às vezes contrabandeia pão para dentro do campo e o vende... por um preço alto. Comprarei um pouco para nós. Você nos salvou, Yanek!

Mais tarde, naquela noite, Moshe trouxe meia baguete. Era um banquete! Ele a tirou de debaixo da camisa, gesticulando para que eu a escondesse rapidamente.

— Não deixe que os outros prisioneiros vejam o pão, ou tentarão tirá-lo de você. E não o divida com ninguém. Não se quiser sobreviver, entendeu?

Acenei com a cabeça.

— Ainda temos dinheiro para mais — Moshe sussurrou. — Eu escondi o resto em um local seguro.

— Onde? — perguntei.

— Tenho um lugar impossível de achar.

— O *Kapo* — disse uma pessoa perto da janela.

Alguém sempre avisava sobre a chegada de um dos nossos supervisores.

— Até amanhã — disse Moshe. — Lembre-se do que eu disse! Não deixe ninguém ver.

— Não deixarei.

Tio Moshe saiu disfarçadamente, e eu subi no meu beliche. Senti o pão encostado em minha pele fria. Não estava mais quente, mas meu coração disparou e minha boca se encheu de água só de pensar em comê-lo. Meia baguete a mais! Em Plaszóvia, eu era um homem rico, o que de repente me pareceu estranho. Antes da guerra havia pão à vontade — minha mãe trazia uma ou duas baguetes frescas da padaria todos os dias — e eu nunca dera valor a isso. Naquele instante, meia baguete significava a própria sobrevivência, e não havia mais minha mãe.

O *Kapo* fez a inspeção para se certificar de que estavam todos na cama. Ele não precisava se preocupar com o homem no beliche abaixo do meu.

O homem embaixo de mim rastejara para a cama logo após a conferência e não se mexera mais. Era o que os outros chamavam de *Muselmann*: tão magro que era possível contar suas costelas e ver os ossos de seus braços e pernas. Mas não era só isso. Todos nós éramos apenas pele e osso. O que diferenciava um *Muselmann* era a maneira de respirar pela boca, de arrastar os pés quando andava (quando *conseguia* andar). Geralmente, ficavam apenas encolhidos ou ajoelhados no chão, mesmo quando apanhavam dos alemães ou dos *Kapos*.

Mas, seja qual fosse sua posição, era sempre possível identificar um *Muselmann* pelo olhar. Nada mais restava ali. Eles tinham abandonado toda a esperança e não havia mais vida em suas expressões, nenhuma centelha de alma. Eram zumbis, levados pelo trabalho escravo e pela fome a viver uma existência morta. Se o homem embaixo de mim não estivesse morto quando nos acordassem amanhã, a conferência matutina o mataria.

Meia baguete poderia salvá-lo, se ele conseguisse comer. A fome extrema tinha esse efeito depois de um tempo. O corpo acostumava-se tanto à falta de comida que até meia tigela de sopa já provocava náuseas. Eu podia ouvi-lo ali embaixo, com sua respiração cansada. Eu podia ouvi-lo morrendo de fome. Eu tinha comida. Eu tinha meia baguete! Se eu lhe desse ao menos um pedaço...

Mas Moshe me avisara: não compartilhe com ninguém. Não se eu quisesse sobreviver. Não se eu quisesse ter certeza de nunca me tornar um *Muselmann*.

Portanto, fiquei encolhido na cama, comendo pequenos bocados de pão no escuro e ouvindo o homem anônimo morrer embaixo de mim.

A limpeza do meu antigo prédio já terminara, mas havia outros prédios para limpar no gueto. Trabalhamos durante vários dias. Onde quer que eu fosse, procurava por dinheiro e objetos de valor escondidos, mas não achei mais nada. O gueto já havia sido completamente vasculhado antes da liquidação. Os nazistas certificaram-se disso.

Uma noite, tio Moshe me trouxe uma cenoura comprada com o dinheiro que eu achara nos casacos. Uma cenoura inteira! Eu não comia cenoura desde os primeiros dias do gueto. Estava mole e pastosa, mas era a coisa mais deliciosa que eu já provara. Tio Moshe contou que ainda sobrara bastante dinheiro. Mesmo que eu não encontrasse mais nada, seria possível comprar ocasionalmente pequenas quantidades de comida por um bom tempo. Tempo suficiente para sobreviver, talvez. Havia rumores de que os russos e os alemães tinham rompido o pacto e estavam em guerra, forçando Hitler a combater os ingleses, franceses e americanos no oeste e os russos no leste. De uma maneira ou de outra, as pessoas sussurravam, seríamos libertados até o final do ano. Eu não acreditava nisso. Eu me recusava a acreditar. Pelo menos até ver um tanque americano ou russo descendo a estrada. Até lá, graças ao dinheiro que Moshe e eu tínhamos escondido, nós sobreviveríamos. O tempo que fosse necessário.

Certa tarde, quando voltávamos do gueto para o campo, perguntei a um garoto de meu barracão que trabalhava dentro de Plaszóvia qual era o placar daquele dia. Ele desviou o olhar e não me respondeu.

— O que houve? — perguntei, mas ele continuou calado. Eu o virei para mim. — Ei, Thomas! Por que não responde? Qual é o placar?

— Apenas um — disse Thomas, olhando para o chão.

— Quem foi? Alguém conhecido?

— Foi seu tio — ele contou finalmente. — O homem que vem visitá-lo à noite.

Cambaleei para trás, batendo a cabeça no beliche.

— Não — eu disse. — Isso é impossível. Você está enganado. Moshe... Ele não trabalha no campo. Ele trabalha na pelaria fora de Plaszóvia. Você viu outra pessoa.

Thomas balançou a cabeça.

— Eles fecharam a pelaria e transferiram todos os trabalhadores para dentro do campo. Seu tio estava liderando um grupo que quebrava pedras. Então Göth indagou quanto trabalho já tinha sido feito...

— O quê? Me conte — interpelei.

Meu estômago contorceu-se em um nó duro de pavor. Thomas balançou a cabeça.

— Göth não gostou da resposta dele.

— Não — eu disse a ele. — Não, você está enganado. Moshe foi trabalhar na pelaria hoje, como de costume. Você verá. Foi outra pessoa.

— Sinto muito, Yanek.

— Foi outra pessoa! Você verá na conferência.

Mas tio Moshe não estava na conferência. Procurei-o no local onde costumávamos nos encontrar. Vasculhei todas as fileiras em busca dele. Nada. Eu quis chamá-lo, porém sabia que seria suicídio. Moshe havia me ensinado: não faça nada que atraia atenção. Eu tinha de ser anônimo. Eu tinha de ser ninguém, sem nome, sem personalidade, sem parentes ou amigos com quem eu me importasse.

No entanto, eu me importava. Tio Moshe era o último remanescente de minha família. A única pessoa em quem eu podia confiar em Plaszóvia. Meu único amigo.

E o dinheiro que eu havia encontrado! Moshe o havia escondido, nunca me dissera onde. Nem me passara pela cabeça perguntar, pois meu tio sempre estaria presente. Nós íamos sobreviver. Nós dois íamos sobreviver, os derradeiros homens da família Gruener teriam os nomes escritos nas páginas do mundo.

Agora só restava eu. Yanek. Tinha 14 anos e estava de novo sozinho no mundo. Desta vez, definitivamente.

Lutei para segurar as lágrimas enquanto os nazistas faziam a conferência. Se Amon Göth me visse chorando, também me mataria.

CAPÍTULO 12

Alguns dias depois, o serviço de limpeza no gueto acabou e voltei a trabalhar em Plaszóvia. Sem tio Moshe, não havia ninguém para me ajudar a conseguir trabalho fora do campo novamente.

O trabalho era brutal, e a comida escassa demais para me sustentar. Havia manhãs em que eu mal conseguia me levantar da cama e tinha dificuldade para me manter em pé durante a conferência. Era assim? Era assim que um prisioneiro se transformava lentamente em um *Muselmann*?

Certa noite, depois de um dia duro de trabalho cavando valas para novas latrinas, desabei no chão de meu barracão. Não tinha forças para subir no beliche. Fiquei desesperado para me levantar, mas minhas pernas não me obedeciam, meus braços raquíticos não davam conta de puxar o peso de meu corpo. Porém, se eu não me levantasse logo, o *Kapo* chegaria para a inspeção e me surraria por não estar na cama.

Ninguém se ofereceu para me ajudar a levantar. Estavam todos na mesma condição que eu; mal tinham energia para si, quanto mais para ajudar alguém. *Não seja ninguém, não se importe com ninguém. É assim que você sobreviverá*. Era isso que o tio Moshe havia me ensinado.

Moshe, pensei, meu peito doendo, *por que você não está aqui? Por que você tinha de morrer? Preciso de ajuda. Preciso de um amigo.*

Eu precisava de Moshe. Ele teria me ajudado a levantar, apesar de sua própria advertência para não se importar. *Quem me ajudará agora?*

Rolei sobre o peito para me erguer, mas a tábua por baixo de mim estava solta. *Espere aí... uma tábua solta?*

Eu sabia que o *Kapo* chegaria a qualquer instante. Mas, deitado ali no chão, olhando aquela tábua, lembrei-me de quando trabalhava construindo novos barracões, pouco depois de chegar. Sempre havia um pequeno espaço entre o piso de madeira e a base da construção. Se essa tábua estivesse solta o suficiente...

Puxei a tábua com as mãos trêmulas e ela se soltou. Olhei rapidamente em volta para ver se alguém havia reparado, mas é óbvio que ninguém tinha visto nada. Os outros prisioneiros estavam fazendo de tudo para me ignorar, assim como eu os ignorava.

O vão entre as tábuas era largo o suficiente para eu passar e entrar no espaço entre o piso e o chão. Minha tentação foi puxar a tábua completamente, enfiar-me naquele espaço e desaparecer. Mas minha ausência na cama seria notada. E o que eu ia fazer, esconder-me lá embaixo para sempre? Sem o pouco de sopa e pão que nos davam, eu morreria ainda mais rápido.

Mas amanhã... No dia seguinte, depois da conferência, eu poderia desaparecer dentro do barracão em vez de me apresentar para o serviço. As realocações de trabalho eram constantes. Ninguém notaria minha ausência. Eu poderia voltar despercebido e me esconder debaixo do piso!

Era como se Moshe estivesse me ajudando, mesmo ausente. Ele havia me mostrado a tábua. Ao me erguer do chão com as últimas forças que me restavam, senti a mão de Moshe me ajudando. Estendi o braço, agarrei a beirada do beliche e me puxei para cima. Eu não era um *Muselmann*. Ainda não.

Na manhã seguinte, após a conferência, chamei de lado dois garotos de meu barracão que eu conhecia, Thomas e Isaac, e mostrei-lhes a tábua.

Nem sei por que lhes mostrei. A lei de sobrevivência era cada um por si, e apenas por si. Talvez fosse porque eu queria ter alguém para me ajudar, caso precisasse. Talvez fosse simplesmente porque eu me sentiria solitário ali embaixo o dia todo. Mas talvez fosse porque não pude esconder um segredo que também poderia beneficiar outros. Eu havia feito isso com a comida que Moshe comprara para nós no mercado negro e me sentira culpado. Eu não queria me esconder sozinho debaixo do piso enquanto todos os outros trabalhavam até morrer.

— Não podemos! — disse Thomas, sem hesitar. — Se nos pegarem, seremos todos mortos!

— Morreremos com certeza se **não** nos escondermos aqui — eu retruquei. — Você quer voltar lá fora e trabalhar até morrer? Ou pior: ser morto por Göth?

— Não! Mas isto aqui é pedir para ser punido.

— Isto é sobrevivência — eu lhes disse e puxei totalmente a tábua. — Há espaço suficiente para nós três.

Isaac enfiou-se lá dentro, e Thomas finalmente cedeu. De início, apenas dormimos. Tínhamos trabalhado tanto, com tão pouco para comer, que nossos corpos só queriam hibernar, feito ursos. O chão era duro, mas isso pouco importava. As placas de madeira que chamávamos de cama também eram. Dormimos, acordando apenas para cutucar rapidamente quem estivesse roncando. Acordamos com o som de passos sobre o piso acima, indicando que estava na hora da conferência. Não podíamos perder a conferência ou viriam nos procurar. Conforme os prisioneiros começaram a voltar ao barracão, saímos de lá, recolocamos a tábua rapidamente e nos sentamos em meu beliche, como se tivéssemos acabado de voltar do trabalho. Ninguém desconfiou — ou, se desconfiaram, não falaram nada. Falar era mortalmente perigoso.

Quanto mais dias nos escondíamos debaixo do piso, mais fortes ficávamos. Não éramos saudáveis, nem de longe, mas livres do pesado trabalho diário nossos corpos se recuperaram um pouco. Eu não tinha mais dificuldade para subir no beliche à noite. E Thomas, Isaac e eu começamos a dormir menos durante o dia, ficando acordados para cochichar. Conversávamos basicamente sobre comida, mas também sobre nossos lares e nossas famílias, até as lembranças ficarem dolorosas demais. Então nos acomodávamos de novo para dormir, sempre atentos aos leves passos dos prisioneiros, que nos indicavam a hora de sair.

Um dia, porém, não foram passos que ouvimos, mas vozes. E no meio do dia.

Isaac arrastou-se até a parede do barracão para observar o exterior pelas frestas. O que viu lá fora quase o matou de susto.

— É Göth! — sussurrou. — Göth e seus cachorros e dois guardas! E vêm na direção de nosso barracão!

— Estamos perdidos — disse Thomas. — Os cães nos farejarão imediatamente. Eles nos acharão e seremos mortos.

De repente, o espaço apertado debaixo do piso pareceu um caixão, como se eu já estivesse morto e enterrado. Meu refúgio do pesadelo de Plaszóvia transformara-se em uma armadilha. Tive de me controlar para não pular fora de lá, gritando.

— Yanek, o que vamos fazer? — perguntou Isaac, numa voz tensa que revelava todo o desespero que eu também estava sentindo.

Olhei pela fresta. Göth aproximava-se, com suas botas de couro pretas e lustrosas e seu impecável uniforme preto. Um dos cães levantou as orelhas e olhou diretamente para mim.

Afastei-me rapidamente da parede.

— Estamos encurralados. Temos que sair daqui. *Temos que sair daqui.*

Eu estava quase sufocando com meu próprio medo.

— Para onde? — sibilou Thomas. — Se sairmos, eles nos acharão dentro do barracão!

— Não importa. Não podemos ser pegos dentro do esconderijo.

Eu me contorci até ficar deitado de costas. Se ao menos pudesse levantar a tábua, ver a luz do quarto, respirar. Estava tão apertado ali dentro. Tão fechado. Cada vez mais...

Isaac agarrou minha mão.

— Não podemos sair, Yanek.

— Temos que sair!

Eu tinha de escapar daquele caixão e por isso sugeri:

— Nós... fingiremos que somos um grupo de trabalho.

— Ele nos matará! Göth nos matará! — disse Thomas.

— Pode ser que nos mate e pode ser que não — retorqui. — Mas uma coisa eu sei: se ele nos encontrar aqui, nos matará com certeza!

Empurrei a tábua e saí. Foi como subir à superfície da água para respirar. Eu estava livre de meu pequeno caixão! Enchi os pulmões de ar, ofegante. Mas, se realmente não quisesse morrer, teria de agir rápido. Todos nós teríamos. Ajudei Isaac e Thomas a sair e colocamos a tábua no lugar, o mais rápida e silenciosamente possível. Meu coração batia forte, mas isso intensificou minha sensação de estar vivo e, consequentemente, minha vontade de *permanecer* vivo.

A única maneira de sair daquela situação era convencer Göth de que éramos um grupo de trabalho. Mas ele farejava medo nas pessoas tão bem quanto seus cachorros. Talvez até melhor.

Arrastei Isaac e Thomas comigo até a porta.

— Vamos — eu disse. — Deixem que eu falo.

Saímos do barracão no exato momento em que Göth e seus cachorros viraram a esquina.

— Vocês aí! Parem! — gritou Göth. — Aonde vão?

Com as mãos trêmulas, tirei respeitosamente o chapéu, como havíamos sido instruídos a fazer.

— Fomos enviados para fazer um serviço no lado sul do campo, senhor! — eu gritei, com a voz rachada de tanto pavor.

Os cachorros de Göth nos encararam ofegando e levantaram as orelhas como se estivessem apenas esperando a ordem de Göth para nos atacar. Podiam farejar meu medo? Os cães sabiam que eu estava mentindo?

Mantive-me firme, tentando não tremer. Eu estava totalmente apavorado, mas todos que encontravam Göth ficavam apavorados, mesmo que não estivessem se escondendo.

Göth encarou-nos longamente e depois seguiu em frente, passando por nós sem mais uma palavra. Isaac, Thomas e eu ficamos paralisados, temendo dizer ou fazer alguma coisa que levasse Göth a mudar de ideia. Depois que ele se afastara um pouco, percebi que o erro era ficar ali parado. Agarrei meus amigos e os puxei novamente.

— Vamos — eu sussurrei, e dobramos apressadamente a esquina.

Não paramos quando perdemos Göth de vista, mas eu podia finalmente respirar. Na tentativa de sobreviver, arriscara minha vida como nunca antes.

Eu nunca mais me esconderia debaixo do piso de novo.

MINA DE SAL

DE WIELICZKA

1943-1944

CAPÍTULO 13

Certo dia, durante a conferência matutina, fui um dos cinquenta prisioneiros tirados das fileiras e carregados em um caminhão. Os nazistas não nos disseram qual era nosso destino.

— Estão nos levando para nos matar — disse um dos homens.

Mas isso não fazia o menor sentido. Amon Göth não hesitava em matar prisioneiros em Plaszóvia. Por que se daria ao trabalho de nos levar de caminhão a outro lugar simplesmente para nos matar? Olhando os outros homens escolhidos pelos nazistas, reparei que eram os mais fortes de Plaszóvia, ou pelo menos os menos propícios a virarem *Muselmänner*. Eu tinha certeza de que estavam nos levando a algum lugar para trabalhar. Também estava certo de que não tinha como ser pior do que Plaszóvia.

Minhas duas semanas recuperando as forças debaixo do piso do barracão haviam me salvado.

O caminhão estacionou diante de um prédio com uma torre alta, parecida com um campanário, mas não era uma igreja. Tinha uma aparência industrial, com motores e geradores oleosos alinhados em volta, feito sentinelas, e linhas férreas entrando e saindo.

O nazista responsável por nosso caminhão nos fez descer e nos juntamos a um grupo de prisioneiros vindos de outro lugar. Fiquei ao lado de um homem que me pareceu familiar, mas não me lembrava de onde o conhecia.

— Você é de Cracóvia? — perguntei a ele.

— Não! — ele negou, surpreendentemente ríspido. — Não sou ninguém!

Ele tinha razão, claro. Eu nem devia ter perguntado. Mas reparei que dois homens que haviam vindo comigo de Plaszóvia o encaravam.

— Primeiro, vocês serão levados para dentro da mina para conhecer onde vão trabalhar — contou um *Kapo*. — Depois, serão distribuídos nos barracões.

Fomos conduzidos para dentro da fábrica, que, na verdade, não era uma fábrica. Era a entrada coberta de uma enorme mina. Embarcamos em elevadores em grupos de dez ou doze. No meu grupo estavam o homem de aparência familiar e os dois prisioneiros de Plaszóvia que o observavam. Ficaram bem próximos dele, incomodamente perto, mas ele não disse nada. Ficou apenas olhando para o chão.

Clang! O elevador foi acionado e começamos a descer, descer, descer. Conforme descíamos, as luzes elétricas na cabine aberta do elevador iluminavam as paredes branco-acinzentadas do poço da mina. De repente, tive novamente a sensação de estar sob o piso do barracão em Plaszóvia. Eu estava espremido debaixo da terra. Encurralado no escuro, esperando a morte chegar...

— Sal — sussurrou um dos outros. — A mina de sal de Wieliczka. Só pode ser.

Despertei de meu transe. Estendi a mão para tocar a parede e levei os dedos à boca. Era verdade: as paredes eram feitas de sal!

A cabine do elevador chegou ao fundo; fomos conduzidos por um labirinto de túneis e pequenos salões.

— Vocês vão trabalhar no salão 47 — avisou o *Kapo*. — Nível sete.

Descemos as escadarias de sal, rastejamos por caminhos de sal, passamos por estalagmites formados por água salgada pingando do teto. Eu nunca vira nada igual. A mina parecia um estranho mundo de sonhos. Logo deixamos as luzes elétricas para trás, e nossa visão ficou limitada ao alcance da lanterna de carbureto na cabeça de nosso *Kapo*.

— Vocês podem pensar que seria fácil fugir pelos túneis — alertou o *Kapo*. — Vocês podem pensar que seria fácil escapar na escuridão. São nove níveis. Trezentos quilômetros de túneis. Vocês podem pensar que nós nunca os acharíamos.

O *Kapo* parou e voltou sua lanterna sobre nós.

— Vocês têm razão. Nós *não* os acharíamos. Vocês estariam perdidos para sempre num labirinto mais escuro do que a noite, sem nada para comer além de sal e nada para beber além de água salgada. Se eu fosse vocês, não me perderia, de propósito ou acidentalmente.

Nós o seguimos ainda mais de perto o restante do caminho.

O *Kapo* mostrou o salão onde íamos trabalhar. As picaretas e pás que íamos usar. As carroças que íamos carregar. Os outros prisioneiros que trabalhavam na mina já estavam em seus barracões, dormindo. Teríamos de acordar junto com eles de madrugada e vir para cá trabalhar, com poucas horas de sono. Meus braços e pernas doíam só de pensar.

Saímos por outro caminho, passando por um vasto salão onde cada passo produzia um eco. Um dos homens à minha frente tropeçou e um pedaço de sal rolou ruidosamente na passarela de madeira aos nossos pés. *Splash*, ouvimos. Água! Havia um enorme lago por baixo, ondulado e reluzente na escuridão atenuada pela luz da lanterna do *Kapo*.

Subimos mais alguns degraus e tomamos outro elevador até alcançarmos outro salão enorme, iluminado com luz elétrica. Não havia lago ali, mas algo ainda mais assombroso: estátuas! Dezenas de figuras, todas esculpidas em sal. E as luzes no teto eram candelabros. Candelabros feitos de sal. Após tantos meses e anos de ruas sujas e paredes descascadas, de uniformes cinza e barracões espartanos, era espantoso que ainda pudesse haver beleza no mundo. Especialmente ali, um quilômetro e meio abaixo da terra.

— Os trabalhadores, os mineiros... eles fizeram isso — sussurrou o homem que antes me contara o nome da mina. — Algumas dessas estátuas têm mil anos.

Havia seres mitológicos, serpentes e gnomos. Havia cavaleiros, reis e rainhas poloneses. Se ao menos pudessem, de alguma maneira mágica, ganhar vida e nos libertar, nos salvar...

Ficaram estáticos, no entanto, congelados no sal. Tão presos e impotentes quanto nós.

O último salão era outro monumento legado pelos antigos mineiros do passado mais feliz de Wieliczka. Era um templo, uma capela... Não, era uma catedral subterrânea. Havia mais estátuas, um altar, uma grade. Tudo o que um católico precisava para rezar uma missa. Mas rezar também não tinha ajudado os mineiros. Os nazistas tinham se tornado senhores de quase toda a Polônia, até mesmo trezentos metros debaixo da terra.

A noite caíra. O céu estava estrelado quando voltamos à superfície. Fomos conduzidos aos nossos barracões, tão desconfortáveis quanto os de Plaszóvia. Como a hora do jantar já tinha passado, tivemos de dormir sem comer. Ninguém ousou reclamar, e a maioria de nós foi diretamente para a cama. Sabíamos que a manhã chegaria logo, antes que estivéssemos prontos para ela.

Mas, assim que o *Kapo* saiu, o homem que eu achara familiar foi acossado pelos dois prisioneiros que o haviam encarado de maneira estranha.

— Seu nome é Holtzman, não é? — perguntou um deles.

— Não — respondeu o homem de feições familiares. — Não, meu nome é Finkelstein!

— Você esteve em Cracóvia, não esteve? — disse o outro prisioneiro. — Você era um dos policiais do Judenräte.

É claro! Por isso eu me lembrava dele! Como poderia ter esquecido aquele rosto? Era o homem que trouxera os nazistas ao meu apartamento, o que roubara toda a casa enquanto o nazista arrancava o anel de minha mãe. Eu me lembrei dos olhos de mamãe naquele dia, daquele vazio que permaneceu neles. Eu ficara tão apavorado, tão preocupado, que nem ao menos sentira raiva.

Mas, naquele instante, eu sentia.

— Não! — exclamou o ex-policial. Havia pânico em seus olhos. — Meu nome é Finkelstein! Sou de Zielonki!

— Silêncio aí dentro! — gritou de fora a voz de um *Kapo*.

Os dois homens não disseram mais nada ao ex-policial, mas voltaram aos beliches sem tirar os olhos dele. Naquela noite, ouvi o homem chorando silenciosamente na cama, até que um sussurro o mandou calar a boca.

O dia amanheceu frio, com apenas água morna com sabor de café para espantar a friagem. Fazia ainda mais frio debaixo da terra, onde a umidade era constante e o sol nunca brilhava. O teto baixo nos forçava a caminhar curvados, feito pessoas idosas, e reparei que, mesmo quando podiam, alguns dos trabalhadores mais antigos nem se endireitavam mais. Suas costas tornaram-se permanentemente curvadas.

Recebi uma lanterna de carbureto e uma picareta, e me designaram um local para trabalhar. O trabalho era pesado e entediante; resumia-se a bater a picareta seguidamente na parede, soltando grandes pedaços de sal que outro prisioneiro depositava em uma carroça com uma pá. Comecei a lascar o sal, logo sentindo dores em meus braços fracos e desnutridos, até que ouvi alguém gritar em um salão ao lado.

— O que é isso? Como aconteceu? Quem fez isso?

Era a voz de um dos *Kapos*. Não era o mesmo tom que usavam para nos insultar ou nos instigar a trabalhar mais rápido. Era um tom de voz diferente. Confuso. Assustado. Os outros *Kapos* imediatamente perceberam e foram correndo ajudar. Sem guardas por perto, largamos as pás e picaretas e fomos ao outro salão espiar por cima de seus ombros.

Era o policial do Judenräte. Holtzman ou Finkelstein, ou seja lá qual fosse seu nome. Sua cabeça fora esmagada com uma pá, e o resto do corpo sangrava, cortado e dilacerado. Algo brilhava e reluzia em suas feridas à luz das várias lanternas de carbureto que o iluminavam.

Sal. Alguém esfregara sal em suas feridas. Tal como Abimeleque, no Livro dos Juízes, que semeou com sal os campos do próprio povo depois de sufocar a rebelião. Lembrei-me de ter lido sobre ele ao estudar a Torá com meu pai, bem antes da guerra.

Isso era, de uma só vez, punição e purificação.

— Perguntei quem fez isso! — berrou o *Kapo*.

Olhei em volta, rosto por rosto, tentando identificar quem fizera aquilo. Os homens que o haviam acusado no barracão não estavam ali. Poderia ter sido qualquer um deles. Poderiam ter sido todos.

Ninguém disse nada, e eu temi que todos nós fôssemos açoitados pelo crime. Mas o *Kapo* apenas balançou a cabeça.

— O que me importa que vocês matem uns aos outros? De todo modo, em breve estarão todos mortos mesmo. Você. E você — ele disse, apontando para dois prisioneiros que observavam. — Tirem o corpo daqui, amarrem um peso nele e joguem-no no lago.

Ninguém disse mais nada sobre ele. Os *Kapos* nos mandaram voltar ao trabalho, e eu continuei lascando a parede de sal até receber ordens para parar.

Naquela noite, sonhei que as estátuas de sal ganharam vida e atacaram nossos captores com suas espadas, mas cada uma das estátuas tinha o rosto do homem morto.

CAMPO DE CONCENTRAÇÃO DE TRZEBINIA 1944

CAPÍTULO 14

Nossa tarefa era mover uma pilha de pedras.

Eram pedras grandes, que formavam uma pilha enorme. As pedras eram pesadas e ásperas, e não tínhamos carrinho de mão nem luvas. Tinham de ser transportadas de um lado do pátio de conferência para o outro, e os nazistas berravam conosco e nos batiam se andássemos muito devagar ou se achassem que a pedra era pequena demais para quem estava carregando. Abracei outra pedra e a levantei com as costas explodindo de dor. Atravessei cambaleando o pátio, agarrando contra o peito aquela pedra que me arranhava e cortava a pele, até depositá-la na pilha do outro lado. Depois, voltei para pegar outra. E mais outra. Um dos homens tropeçou e caiu, e os guardas caíram em cima dele com paus e cassetetes. Ergui outra pedra e continuei trabalhando, tentando não demonstrar aos nazistas o quanto estava apavorado. Assim como os cachorros de Amon Göth, eles eram capazes de farejar o medo dos prisioneiros, e nada lhes dava mais prazer do que agredi-los em seus momentos de maior fraqueza.

Terminamos por volta do meio-dia. Meus braços, mãos e peito estavam tão machucados e esfolados que teria sido impossível continuar. Minha vontade era me atirar ao chão, mas eu sabia que seria surrado se o fizesse, portanto fiquei em pé junto aos outros, tremendo sobre minhas pernas bambas, aguardando novas ordens dos guardas.

— Ótimo — disse o oficial da SS no comando. — Agora, levem tudo de volta.

Eu o olhei com cara de bobo, sem, a princípio, entender muito bem. Passáramos a manhã inteira movendo a pilha de pedras para o outro lado do campo e agora os nazistas haviam mudado de ideia? Os outros prisioneiros e eu trocamos olhares para confirmar se havíamos ouvido corretamente.

— Mandei mover a pilha de volta! — berrou o oficial da SS. Ele andou entre o grupo, batendo-nos com uma vara até que nos movêssemos. — Vão levar a pilha de volta para onde estava e depois trazê-la para cá novamente. Ao trabalho!

Assim era a vida no campo de concentração de Trzebinia.

Eu fora transferido para lá após um breve período extraindo sal na mina de Wieliczka. A vida em Wieliczka era dura, mas em Trzebinia era ainda pior, pois os nazistas dali brincavam conosco, faziam-nos trabalhar só por trabalhar. Para eles, era tudo um jogo, como uma rodada de carteado ou uma partida de futebol. Nós éramos a bola que eles chutavam para se entreter.

Com os braços tremendo, peguei a mesma pedra que eu acabara de trazer do outro lado do pátio. Só que agora não era de cansaço que eles tremiam, e sim de raiva. Furioso, levantei a pedra e atravessei penosamente o pátio lamacento. Mas era isso que eles queriam: que eu ficasse zangado. Queriam que eu dissesse alguma coisa, fizesse cara feia ou reclamasse em voz baixa. Eles me observavam, esperando uma reação. Observavam a todos nós. Era como os valentões no recreio: eles queriam nos provocar para ter um motivo para nos castigar.

Em Trzebinia, eu trabalhava o dia inteiro carregando pedras para cima e para baixo, cavando buracos de 2 metros de profundidade só para enchê-los novamente. À noite, eu comia a única refeição diária — sopa aguada e pão velho de uma semana atrás — e desmaiava em cima de uma prancha de madeira sem colchão, travesseiro ou cobertor. Para eles, eu era um animal, uma mula de carga. Mas os animais nunca eram tratados tão mal. Animais de tração eram caros e valiosos. Eu era um judeu. Nós valíamos menos do que animais. Eles podiam nos matar à vontade, pois sempre haveria um novo carregamento de judeus chegando no próximo trem para nos substituir.

No entanto, por mais que os nazistas me enfurecessem, meus colegas prisioneiros me enfureciam ainda mais. Como era possível suportarmos tal abuso com tanta calma e submissão, com a cabeça baixa, tocando o chapéu respeitosamente para nossos assassinos? Sim, os nazistas tinham cassetetes e armas, mas nós éramos em número bem maior. Se os atacássemos repentinamente, todos juntos, seria possível dominá-los. Não éramos animais para sermos conduzidos ao matadouro. Éramos seres humanos racionais, com sentimentos! Certo dia, ao carregar de novo aquelas pedras, eu jurei que não seria morto sem reagir. Meu pai, tio Moshe e os anciãos judeus estavam todos errados. Não devíamos estar apenas tentando sobreviver, devíamos estar tentando *ganhar*. Em vez de ficarmos esperando os britânicos, americanos ou russos nos salvar, nós mesmos devíamos nos salvar.

Não vou deixar que me alinhem à beira de uma vala e me executem, disse a mim mesmo. *Vou reagir, chutar as canelas dos nazistas, vou fugir. Eles não me levarão feito gado para o matadouro!*

Naquela noite, durante a conferência, alguém pensou a mesma coisa. Ao ser golpeado por um nazista, um dos prisioneiros não aceitou a surra passivamente e, erguendo os braços, segurou o cassetete. Depois, arrancou-o das mãos do oficial aturdido e deu-lhe uma cacetada na cabeça, derrubando seu quepe nazista na lama, golpeando repetidamente seus braços levantados.

Isso mesmo! Isso mesmo, eu pensei. *É agora que começa. Juntos podemos enfrentar todos eles!* Olhei em volta ansiosamente para ver se mais alguém sentia o mesmo que eu, se mais alguém reagiria, mas estavam todos de cabeça baixa. Não! Era a nossa chance! Se lutássemos juntos...

Bang! O barulho me assustou. Uma única fagulha de uma pistola pôs fim a tudo. O prisioneiro que reagira desabou no chão, morto com uma bala na cabeça, e o oficial atacado foi rapidamente retirado do pátio. Os soldados do campo surgiram com força total, cercando nossas fileiras e apontando seus rifles para nós, e o comandante do campo saiu apressado de sua sala aconchegante. Depois de ouvir o relato de seus oficiais, virou-se para os prisioneiros.

— Você! — ele gritou, apontando para um garoto que estava ao lado do homem que reagira. — Você está envolvido neste plano de fuga!

— Co... como? — gaguejou o garoto. Ele não era muito mais velho do que eu. — Não! Não, eu nem o conhecia!

Os guardas agarraram o garoto e o arrastaram para a frente de nossas fileiras, onde os nazistas haviam montado um cadafalso para enforcar prisioneiros.

— E aquele homem — disse o comandante, apontando para alguém do grupo. — E aquele. E ele. E ele. E ele.

Em sua fúria, escolhia prisioneiros a esmo, punindo pessoas inocentes pela insolência do homem morto. Eu recuei. O garoto e dois dos homens eram do meu barracão. Assim como eu, não deviam nem conhecer o homem morto.

— Sou inocente! — soluçou o garoto da minha idade ao ser arrastado para o cadafalso, onde colocaram a corda em volta de seu pescoço. — Eu nunca tentei fugir! Eu juro! Eu sempre fiz tudo o que mandaram!

Eu tremia de impotência e raiva, mas também de medo. Era nisso que dava reagir. Mais abuso. Mais mortes. Meia dúzia de judeus seria assassinada hoje porque um homem se recusara a morrer sem lutar. Reagir significava morrer rapidamente e levar outros com você.

Era por isso que os prisioneiros aceitavam a morte com tanta passividade. Eu havia decidido reagir, mas percebi que não podia. Sofrer em silêncio não prejudicava ninguém além de você mesmo. Mas sofrer em voz alta, violentamente, furiosamente — reagindo, lutando — trazia sofrimento, dor e morte a outros.

— Por favor! — gritou o garoto. — Eu nunca tentei fugir. Sou inocente! — Ele nos encarou, aqueles de nós com coragem suficiente para erguer os olhos do chão. — Lembrem-se — ele nos implorou. — Eu não fiz nada.

O carrasco chutou a cadeira debaixo dele e o impacto da queda quebrou o pescoço do menino, fazendo seu corpo estremecer.

Mantive a cabeça erguida e assisti a tudo, jurando nunca esquecer.

CAPÍTULO 15

Certa manhã, meu grupo de trabalho estava a caminho da pedreira quando outro *Kapo* veio falar com o nosso. Os dois *Kapos* conversaram brevemente e o nosso nos mandou parar. Mantive a cabeça baixa, mas tentei espiar de lado para ver. Algo diferente estava acontecendo, e isso nunca era bom. Nosso *Kapo* nos deixou esperando em pé por um longo tempo, sem dizer mais nada. O que estava havendo? Por que havíamos parado? Estávamos em apuros? Seríamos mortos? Com certeza, os outros prisioneiros estavam se perguntando a mesma coisa, mas, obviamente, ninguém disse nada. Falar era pedir para apanhar. Só saberíamos nosso destino quando nossos captores decidissem que deveríamos saber.

— Meia-volta — disse finalmente nosso *Kapo*. — Em frente.

Marchamos na direção contrária à pedreira, o que seria um alívio se eu achasse que estávamos indo para um lugar melhor. Passamos o local onde prisioneiros eram fuzilados à beira das valas que eles mesmos haviam cavado. Rezei silenciosamente em agradecimento. Mas depois passamos pelos barracões e saímos pelo portão principal. Estávamos sendo conduzidos à estação ferroviária. Um trem aguardava no trilho interno, mas não tinha vagões de passageiros, só de gado. Seríamos transportados como animais.

Sob os chicotes e cassetetes dos *Kapos* e oficiais da SS, fomos tocados para uma rampa de acesso a um dos vagões. Fui um dos primeiros a entrar. O vagão estava vazio e parecia ter sido lavado recentemente; ainda assim cheirava a urina, vômito e excremento. Cambaleei para trás, mas não havia para onde ir.

— Para dentro! Para dentro! — berravam os guardas.

Fui empurrado até a parede oposta. Cada vez mais prisioneiros eram forçados para dentro do vagão. Havia tantos que fiquei esmagado entre três homens e a parede, mas estavam todos assim, espremidos. Eu nem conseguia erguer o braço. Senti-me encurralado novamente, assim como debaixo do piso do barracão e dentro da mina de sal. Eu não podia ficar ali. Eu precisava de espaço. Eu precisava de ar.

— Não consigo respirar. Não consigo respirar! — começou a gritar um homem do outro lado do vagão, dando voz ao meu pânico. — Deixem-me sair! Preciso sair daqui! — Ele chutou a parede do vagão. — Por favor! Eu não aguento mais!

Bang! O homem não precisou mais se preocupar com a dificuldade para respirar: um oficial da SS o baleou através da parede do vagão de gado. Se eu entrasse em pânico, se eu cedesse ao desespero, teria o mesmo fim. Em vez disso, abri caminho até uma grade de ventilação na parede do vagão. Pressionei o rosto contra a grade, aspirando o ar fresco vindo de fora. Meu coração ainda estava disparado, mas ao menos eu podia respirar.

Ficamos espremidos dentro do vagão de trem durante metade do dia, enquanto os nazistas carregavam os outros vagões com mais prisioneiros. Não tínhamos comida nem água nem um lugar para fazer as necessidades. Logo entendi por que o vagão cheirava tão mal, e que o cheiro só ia piorar antes que aquela agonia chegasse ao fim.

Ao final da tarde, o trem deu um tranco e partimos. Nenhum de nós sabia para onde iríamos. Eu torci para que fosse melhor do que Trzebinia, mas a essa altura já sabia que sonhar não era bom. Alimentar falsas esperanças só piorava a situação.

Fazia frio ali, encostado na parede do vagão de gado. O vento cortante entrava pelas frestas entre as ripas do vagão, fazendo meu corpo tremer. Mas ao menos eu tinha ar. Os prisioneiros no meio do vagão reclamavam do aperto, do calor e da dificuldade para respirar. Portanto, suportei o frio sem reclamar, enchendo meus pulmões com o ar gelado.

À medida que o trem prosseguia rumo ao seu destino desconhecido, eu observava a paisagem deslizando lá fora. Plaszóvia, Wieliczka, Trzebinia eram todos locais próximos ao meu lar, Cracóvia. Eu estava deixando esse lar para trás e vendo o mundo exterior pela primeira vez. Nunca imaginara que isso aconteceria em circunstâncias como essas.

Vi campos cobertos de neve. Casas de fazendas com luzes elétricas iluminando as janelas. Florestas. Um rio. Uma estrada movimentada, cheia de carros e caminhões. Depois de tanto tempo vivendo em campos de trabalhos forçados, era estranho ver as pessoas no mundo real, jantando, indo para a escola, frequentando o cinema. Mas esse era o mundo dos não judeus. O meu mundo era composto de campos de concentração e minas de sal, fome e vagões de gado.

O trem diminuiu a velocidade; os outros prisioneiros começaram a se agitar. Chegáramos ao destino final? Alguém reconhecia onde estávamos? Vi surgir através da grade uma pequena estação de trem, mas eu não conseguia ler o nome na placa. No entanto, conseguia ver pessoas. Pessoas normais.

Homens poloneses carregando maletas. Mulheres polonesas empurrando carrinhos de bebê. Uma criança vestindo um casaco azul apontou para nosso trem, e sua mãe a tirou de perto. Dois meninos aguardavam com os pais ao lado de uma pilha de malas. Iam viajar, talvez em férias.

— Vocês vão virar sabão, judeus! — berrou um dos meninos, que não devia ter mais do que 5 ou 6 anos.

— Não — disse o irmão mais velho. — Vocês estão sendo levados para as câmaras de gás!

Os meninos fizeram bolas de neve da plataforma e atiraram-nas no trem. Uma delas explodiu na grade ao meu lado, cobrindo-me de neve e gelo. Fiquei bravo até perceber que a neve era água e que eu estava morrendo de sede. Lambi o quanto pude de meu rosto e da camisa.

O trem deu um tranco e partiu novamente, com os meninos ainda nos insultando e atirando bolas de neve no trem.

— E você queria escapar — sussurrou um homem ao meu lado a outro prisioneiro. — Você queria fugir para o bosque e lutar.

Mas está vendo? Está vendo o que pensam de nós? Essa gente o venderia de volta aos nazistas por um saco de batatas e ainda brindaria sua captura durante o jantar.

Não chegamos ao nosso destino naquela noite. Nem no dia seguinte. E mesmo assim não nos deram comida nem água. Eu cochilava ocasionalmente, escapando da fome por alguns abençoados momentos. Se eu não estivesse sustentado pelos prisioneiros espremidos à minha volta, teria caído ao chão de exaustão.

Certa manhã ou noite (eu não sabia ao certo) acordei com o homem ao meu lado totalmente apoiado em meu ombro. Eu o sacudi para acordá-lo, mas ele não abria os olhos. Alguma coisa nele — sua falta de reação, seus movimentos rígidos e desajeitados — me fez ter um calafrio. Sua pele estava cinza, como a de um *Muselmann*, e seus lábios estavam rachados e congelados nos cantos. De repente me dei conta de que ele não respirava.

O homem encostado em mim estava morto.

Eu me contorci de um lado a outro, tentando afastá-lo, mas não havia para onde ir. Os homens próximos a mim despertaram reclamando, mandando-me ficar quieto, então desisti. O homem morto seria meu companheiro até que chegássemos ao nosso destino. Achei que não conseguiria dormir, sabendo que havia um cadáver encostado em mim, mas logo o frio me levou de volta ao mundo semidesperto dos moribundos.

Quando acordei novamente, vi um horizonte alaranjado. Estava amanhecendo? Anoitecendo? Minha garganta estava fria e seca, minha língua parecia estopa. Havia nevado enquanto eu dormia, e a grade de ventilação ficou coberta de neve tingida de cinza pela fumaça da locomotiva. Tentei lamber um pouco daquela preciosa água congelada, mas eu não alcançava a grade com a língua. Meus braços estavam presos junto ao corpo, prensados pela aglomeração no vagão, mas eu queria aquela neve. Eu precisava dela para sobreviver. Lentamente, dolorosamente, comecei a erguer o braço entre o morto e o homem adormecido ao nosso lado. Ele murmurou alguma coisa durante o sono quando eu o cutuquei e, sem nem ao menos acordar, empurrou minha mão para baixo novamente. Mas eu precisava da neve. Empurrei-o de novo e outra vez ele reagiu. Dei-lhe uma cotovelada em seu estômago contraído. Ele choramingou sem acordar e parou de resistir. Meu braço estava livre!

Raspei um punhado de neve da grade. Meus dedos magros estavam azuis de frio, mas eu nem liguei. Enfiei a neve na boca como se fosse uma criança comendo bolo. Minha boca estava tão seca que eu engasguei, mas forcei a neve que derretia garganta abaixo, ignorando o choque agudo nos dentes provocado pelo frio. Era água, maravilhosa água! Nem mesmo os doces da padaria da esquina da rua Lwowska eram tão deliciosos. Lembrei-me subitamente das visitas à padaria com meu pai às quintas-feiras, quando eu comia um doce na praça, olhando os pombos, enquanto meu pai lia o jornal. Afastei a dolorosa lembrança e recolhi mais neve acinzentada.

O horizonte alaranjado revelou ser um amanhecer, que se transformou numa manhã de inverno de céu claro e azul. Nosso trem desacelerou novamente, mas desta vez não era para parar numa estação. Fomos desviados para um trilho lateral enquanto outro trem com vagões de gado passava por nós, indo na direção contrária. Ele diminuiu a velocidade e depois parou ao nosso lado.

— Você aí — gritou alguém do outro lado do trilho. — Você aí, no outro trem.

Espiei pelas frestas na parede. Havia gente naqueles vagões, pessoas apertadas, como nós. Éramos todos judeus sendo transportados através da Polônia ocupada, feito carvão ou carne.

— O quê? — respondeu um homem que estava a um ou dois metros de mim.

— O que diz no nosso trem? Para onde vamos? — perguntou o homem.

Nem havia passado pela minha cabeça que os trens pudessem indicar nosso destino, mas lembrei que isso era comum. Os vagões tinham placas no alto que podiam ser substituídas. Apertei os olhos, tentando enxergar pela fresta.

— Treblinka — eu avisei, finalmente identificando a placa. —

A placa diz que vocês vão para Treblinka. — Eu não conhecia o lugar. — E nós, para onde vamos?

— Birkenau — gritou o homem no outro trem.

Eu também nunca ouvira falar de Birkenau, mas a palavra se espalhou pelo vagão em sussurros temerosos. *Birkenau. Birkenau. Birkenau.*

O trem ao lado balançou e começou a se mover novamente; logo nós também seguíamos nossa jornada.

O homem ao meu lado, o que estava vivo, murmurou algo e balançou a cabeça.

— O que foi? — eu perguntei. — O que é Birkenau? Outro campo de trabalho?

— Ninguém vai para Birkenau trabalhar — disse o homem, numa voz rouca e seca. — Vai morrer. Birkenau não é um campo de concentração. É um campo de extermínio.

Um calafrio percorreu meu corpo. Percebi que os meninos na estação tinham razão. Eles sabiam. Os nazistas iam nos matar. Iam nos transformar em sabão. O trem balançou continuamente, de um lado para o outro. Começou a nevar lá fora outra vez.

— Você quer um conselho? — disse o homem ao meu lado com sua voz cavernosa. — Quando nos levarem para as câmaras de gás, tente ficar exatamente embaixo das saídas da tubulação.

— Foi assim que você sobreviveu?

O homem riu, ou pelo menos tentou.

— Não. Você não sobreviverá. Nenhum de nos sobreviverá. Mas, se ficar embaixo das saídas de gás, sofrerá por menos tempo antes de morrer.

CAMPO DE CONCENTRAÇÃO DE BIRKENAU

1944-1945

CAPÍTULO 16.

Era noite quando o trem chegou a Birkenau. Os vagões chiaram e rangeram à medida que o trem reduziu a velocidade, até parar a quinhentos metros dos portões. O céu estava encoberto e deveria estar escuro, mas estava totalmente iluminado, vermelho como uma fogueira. Sobre o fundo incandescente, erguiam-se as silhuetas de chaminés pretas, cuspindo labaredas do alto, e um odor de carne queimada dominava o ar. Meu estômago revirou.

Esperei o trem se mover novamente para nos levar àquela fábrica terrível, mas não nos movemos. Permanecemos horas parados ali. Os que conseguiam ver as chaminés ficaram observando as chamas, cientes de que aquela era nossa sina. Por que estavam nos segurando ali? Seria uma última tortura, um último trote? Queriam nos levar ao pânico, à loucura? Se fosse o caso, estava funcionando. Quanto mais esperávamos, mais ansioso eu ficava. O que estava acontecendo? Por que estávamos parados?

— O que eles estão esperando? — eu perguntei finalmente, a voz rouca de sede e pavor.

— Não vê o fogo nas chaminés? — respondeu um homem ao meu lado. — Não há espaço para nós até que terminem a leva anterior de prisioneiros.

Ouvi suas palavras sem esboçar reação, de tão fraco. Éramos apenas mais matéria-prima, esperando para ser processada. Entrávamos de um jeito, saíamos de outro.

Cochilei novamente. Cada vez que eu acordava, ainda estava naquele vagão frio, com um homem morto encostado em mim. Finalmente, o trem deu um solavanco e começamos a nos mover. Despertei à luz do pálido sol amarelo que nascia no horizonte, por trás das árvores. Estavam nos levando para as fornalhas. Estavam nos levando para morrer.

A porta do vagão se abriu. O corpo ao meu lado nos acompanhou por alguns passos, sustentado entre os vivos que se debatiam para sair. Mas, assim que o espaço se ampliou, ele caiu, desabando ao chão junto com outros que haviam morrido durante a viagem. Havia dezenas de esqueletos esfarrapados que haviam expirado de fome, de sede, de frio, de falta de ar ou de exaustão. Passamos por cima dos corpos, enchendo os pulmões de ar fresco antes que os *Kapos* e os soldados nos alinhassem aos berros e chicotadas.

Mais mortos do que propriamente vivos, os prisioneiros sobreviventes foram reunidos em um terreno perto dos vagões. Após uma conferência para verificar quem ainda estava vivo, os nazistas nos conduziram em direção a um dos prédios grandes de tijolo com chaminés.

Chegara o momento. Comecei a sentir o peso da realidade que se aproximava. Eles realmente iam nos matar. Eu havia passado por tanta coisa, suportado tanta agonia e tanto sofrimento...

Eu sobrevivera aos trabalhos forçados no gueto. Assara pão na calada da noite. Escondera-me num pombal. Celebrara meu *bar-mitzvá* à meia-noite no porão de um prédio abandonado. Vira meus pais serem levados para a morte, evitara Amon Göth e seus cachorros, sobrevivera às minas de sal de Wieliczka e às brincadeiras macabras de Trzebinia. Eu havia feito tanto para *viver*, e ali, naquele momento, os nazistas iam me tirar tudo isso com sua fornalha!

Comecei a chorar, as primeiras lágrimas que eu derramara desde a morte de Moshe. Por que eu me esforçara tanto para sobreviver se o fim seria inevitavelmente esse? Se eu soubesse, nem teria me importado. Teria deixado que me matassem logo no gueto. Teria sido mais fácil. Todo o meu esforço fora em vão.

Mandaram-nos tirar a roupa em uma sala grande e vazia e empilhar nossos uniformes listrados em um canto. Em outro canto, havia uma pilha com roupas de seda de cores brilhantes — vermelhas, azuis, púrpuras e verdes. Roupas de ciganos. Assim ficamos sabendo quem havia alimentado as fornalhas de Birkenau enquanto esperávamos nossa vez lá fora. Tirei a camisa e joguei-a na pilha, ainda chorando. Eram lágrimas espontâneas, mas não tentei segurá-las. Alguns dos outros homens também choravam, mas a maioria não. Eu não me importava. Estava cansado. Cansado de lutar. Cansado de ser corajoso. Cansado de sobreviver.

Eles nos tocaram a cacetadas e chicotadas até a próxima sala, onde havia uma série de duchas enfileiradas no teto. Lembrei-me do que o homem no trem dissera: você morria mais rapidamente ficando embaixo das saídas de gás. Em vez disso, afastei-me delas, ficando perto de uma das várias colunas de pedra da sala.

Eles nos apinharam lá dentro novamente, como no trem, mas ainda havia um pouco de espaço para se movimentar. Quando a porta foi trancada, alguns dos homens gritaram. Àquela altura, sabíamos exatamente por que estávamos ali e o que fariam conosco. Alguns entraram em pânico e esmurraram a porta, implorando aos berros que os nazistas nos deixassem sair, que tivessem compaixão, que nos poupassem. Alguns xingaram. Alguns fecharam os olhos e rezaram em voz baixa. Alguns simplesmente olharam para o vazio, esperando a morte chegar.

Lágrimas escorriam pelo meu rosto, lágrimas que eu nem sabia que ainda tinha, e eu deslizei pela coluna até o chão, com a cabeça enterrada nas mãos. Minha mãe, meu pai, meus tios e tias, meus primos, meus amigos de Cracóvia... eu tinha tanta saudade de todos.

Esperamos, mas nada de o gás sair. Os gritos eram cada vez mais altos e desesperados. Fiquei paralisado no chão, sem saber o que pensar. O que estavam esperando? Talvez alguém tenha pisado na mangueira, bloqueando o gás. Comecei a rir desse pensamento maluco. Sim. Era isso. Ou então não estavam conseguindo acender a fornalha. O vento apagava os fósforos, ou os gravetos estavam úmidos. Dei uma gargalhada, e o prisioneiro em pé ao meu lado me olhou como se eu estivesse louco. Talvez estivesse. Os nazistas haviam finalmente conseguido me derrotar. Era tudo uma grande piada. Passei a compreender isso. O jogo de viver ou morrer não tinha pé nem cabeça. Um dia, era o homem ao seu lado na conferência, dilacerado por cães. No outro, podia ser você, executado com um tiro na cabeça. Por melhor que você jogasse, estava sempre se arriscando a perder. Para que jogar, então?

O gás teimava em não sair. Eu me levantei, abri caminho entre os homens e me posicionei bem debaixo de uma das duchas.

—Vamos! — gritei para o chuveiro. —Vamos, abram o gás. Eu os desafio. — Ri novamente. — O que vocês estão esperando? — berrei. — Matem-me! Eu desisto! Vocês venceram!

A tubulação rangeu ruidosamente. Alguma coisa estava finalmente saindo. Os homens na sala se aquietaram, como se estivessem todos prendendo a respiração, e eu ergui as mãos para o alto.

Matem-me, eu rezei. *Por favor, matem-me e ponham um fim nisto. Eu estou pronto.*

As duchas então jorraram água sobre mim. Água tão gelada que eu berrei. Água! Não gás! Eu ia viver! Eu ri e chorei ao mesmo tempo, assim como todos os outros. Tremendo de frio, abraçamos e cumprimentamos uns aos outros, celebrando a indulgência de última hora concedida pelos nazistas.

Eu estava vivo.

CAPÍTULO 17

Depois da ducha de água, nada mais parecia importante. Entendi que era tudo um jogo para os nazistas; que, para eles, era indiferente nos matar ou não. Mesmo assim, eu estava feliz por ter sobrevivido.

Eu estivera preparado para morrer. Mas, quando as duchas soltaram água em vez de gás, foi como se eu tivesse renascido. Eu havia sobrevivido e seguiria sobrevivendo.

Eu estava vivo.

Os nazistas nos alinharam, ainda nus e tremendo de frio. Primeiro, rasparam nossas cabeças. Sem cabelo, parecíamos todos iguais, moços e velhos. Depois, conduziram-nos a outra sala, onde soldados sentados em mesas nos aguardavam munidos de uma espécie de lápis grande conectado a fios. Eles recebiam os prisioneiros individualmente, e eu ouvia gritos de dor lá na frente. Não tinha ideia do que estava acontecendo, mas sabia que não estavam nos matando. Era só isso que importava, disse a mim mesmo. Eu não tinha medo da dor.

Ao me aproximar do começo da fila, percebi o que estava acontecendo. Estávamos sendo tatuados. Observei a agulha elétrica gravar letras e números em tinta preta na pele do homem à minha frente. Quando chegou a minha vez, o nazista com o lápis de tatuagem agarrou meu braço e começou a escrever. A dor da agulha vibrando sobre minha pele era terrível, mas nem pensei em gritar ou pedir que ele parasse. Além disso, eu já passara pela pior situação possível. Eu estivera em uma câmara de gás. Olhara diretamente para a ducha, esperando a morte chegar, e ela passara reto por mim. Eu estava *vivo*. Uma tatuagem não era nada. Não naquele momento.

B-3087.

Foi isso que os nazistas gravaram na minha pele. B significava *Birkenau*, 3087 era meu número de prisioneiro. Foi essa a marca que colocaram em mim, uma marca que eu levaria comigo para o resto da vida. B-3087. Eu era isso para eles. Não Yanek Gruener, filho de Oskar e Mina. Não Yanek Gruener, da rua Krakusa, número 20, Podgórze, Cracóvia. Não Yanek Gruener, que gostava de livros, ciência e filmes americanos.

Eu era o prisioneiro B-3087.

Mas eu estava *vivo*.

Depois da tatuagem, levaram-nos para outra sala, onde havia uma pilha de uniformes de prisioneiros usados, e nos mandaram achar algo que nos servisse. Os soldados apressaram-nos: quem demorasse demais para vestir uma calça e uma camisa apanhava, então escolhemos o mais rápido possível. Peguei calças curtas demais e uma camisa muito larga, mas tive sorte de achar um par de sapatos de madeira de meu tamanho. Isso era importante. Sapatos eram tudo num campo de concentração. Peguei minhas roupas rapidamente, evitando ser surrado. Sabia jogar o jogo tão bem quanto qualquer um. Eu havia sobrevivido até aquele momento, não? Eu estava vivo.

Depois de banhados, tatuados e novamente vestidos, fomos conduzidos aos nossos novos barracões. Eram os piores que eu já tinha visto. O terreno em Birkenau parecia um pântano, úmido e extremamente lamacento, e os barracões não tinham assoalho. Também não havia aquecimento nem luz elétrica. Os beliches não eram camas, mas, sim, três níveis de prateleiras, uma em cima da outra, onde novamente fomos aglomerados, como nos trens. Não havia colchões nem travesseiros nem cobertores. Quando muito, um pouco de palha velha e molhada. Éramos tantos que todos tinham de deitar no mesmo sentido. Não importava. Eu estava vivo. E isso era tudo em que eu conseguia pensar, o tempo todo.

Senti algo aos meus pés, no fundo da prateleira, e estiquei o braço para pegá-lo. Era um pedaço de tecido colorido, uma bandana ou um lenço, provavelmente de um dos ciganos que haviam usado os beliches antes de nós. Enfiei o tecido debaixo da cabeça, tentando usá-lo como travesseiro para proteger a orelha, mas havia algo embrulhado nele. Abri o tecido e achei o objeto escondido: um cavalinho de madeira. Era um brinquedo simples, um entalhe tosco, vagamente sugerindo quatro patas e uma cabeça, e estava escurecido e desgastado pelo manuseio. Alguma criança cigana adorara esse cavalo e conseguira guardá-lo consigo até o fim. Ela sabia que ia morrer? Teria deixado o cavalo para trás para que não morresse também? Para que uma parte dela pudesse sobreviver e ser lembrada?

— Temos um menino que completa 13 anos hoje — disse um homem em uma prateleira no mesmo nível que a minha. Ergui a cabeça, junto com alguns dos outros prisioneiros. — Quem ficará ao seu lado?

Ninguém se mexeu.

— Não temos dez homens aqui para compor o quórum do *minian*?

— Fique quieto — disse alguém a ele. — Vá dormir.

— Como pode se preocupar com tais coisas num lugar como este? — perguntou outra pessoa.

— É ainda mais importante aqui e agora — disse o homem.

— Amanhã, ele estará morto — ironizou alguém. — Todos nós estaremos. Nada disso importa mais.

Eu estava cansado e faminto, com o braço em brasa por causa da tatuagem. No entanto, ajudar a compor o quórum do *bar-mitzvá* de alguém de repente me pareceu a coisa mais importante do mundo. Mais do que a necessidade de dormir. Mais do que o risco de ser punido ou morto.

— Eu aceito participar — eu disse.

Os homens à minha volta ficaram um tempo em silêncio, até que outra pessoa concordou. E outra. E mais outra. Quando éramos dez, descemos dos beliches para o chão lamacento, e o homem que havia falado primeiro começou a rezar. Outros desceram, mais de dez, ocupando todo o espaço no chão. O menino parecia tão novo, mas eu sabia que eu era apenas um ou dois anos mais velho. De repente, dei-me conta de que havia me esquecido de meu próprio aniversário. Eu já tinha 15 anos, quem sabe até 16. Era inverno, mas eu não fazia a mínima ideia de que mês era aquele, muito menos o dia. Eu já estava vivendo em campos de concentração havia mais de dois anos. Olhei para o menino e recordei meu próprio *bar-mitzvá* improvisado em Cracóvia, que parecia ter acontecido havia uma eternidade. Eu era tão novo na época.

A cerimônia foi rápida para não sermos pegos. Quando terminou, todos os homens sussurraram *mazel tov* e voltaram às suas prateleiras. Eu me aproximei do menino e coloquei o cavalinho de madeira em suas mãos, o único presente que eu podia lhe dar. O menino arregalou os olhos para mim. Eu já fora tão novo assim?

— Estamos vivos — eu lhe disse. — Estamos vivos e é isso que importa. Não podemos deixar que nos arranquem das páginas do mundo.

Falei aquilo tanto para mim mesmo quanto para ele. Eu disse aquilo em homenagem ao tio Moshe, à minha mãe e ao meu pai, às minhas tias e aos outros tios, aos meus primos. Os nazistas haviam me colocado em uma câmara de gás. Eu achei que fosse morrer, mas estava vivo. Nesse dia, eu era um homem novo, assim como o menino do *bar-mitzvá*. Eu era um homem novo e ia *sobreviver*.

CAPÍTULO 18

Esfreguei bem o corpo, parado ao lado da bomba de água. O frio era intenso, mas não me incomodei. Eu havia decidido limpar o corpo todas as manhãs, sem falta, por mais frio que fizesse, por mais cansado que eu estivesse. Eu estava vivo e pretendia permanecer assim.

Não tínhamos sabão, mas ao menos eu podia lavar aquela crosta de sujeira de Birkenau. Dei atenção especial à região tatuada. Vários prisioneiros haviam deixado a tatuagem infeccionar, sendo então encaminhados à enfermaria do campo. Não era bom negócio ser levado para lá. Nunca. Eu até esfreguei os dentes com os dedos molhados. Obviamente não tínhamos escova nem pasta de dentes, mas eu achava importante lembrar o que significava ser humano.

Ao tirar a imundície de Birkenau de meu corpo, li os avisos que os nazistas haviam afixado acima da bomba de água: A QUADRA É SEU LAR: PRESERVE A LIMPEZA! UM SÓ PIOLHO E VOCÊ ESTÁ MORTO! Grandes piadistas, os nazistas. Você podia seguir as regras, manter-se limpo, fazer tudo certo e ainda assim poderia ser morto por olhar um oficial de maneira errada. Mas eu jogava o jogo.

O trabalho em Birkenau era tão pesado quanto em qualquer lugar. Assim como em Plaszóvia, tínhamos de construir novos barracões. O terreno reservado para o novo setor era tão grande que dobraria o tamanho do campo quando terminado. Os nazistas chamavam o novo campo de B-III, mas nós, os prisioneiros, o chamávamos de México. Não sei de onde veio o nome México, mas, para mim, sempre soava um tanto exótico. Sol e calor, praias e gente alegre. Talvez fosse por isso que os prisioneiros o tinham apelidado de México. Queriam imaginar algo totalmente diferente da realidade do campo B-III. O depósito do campo, onde os nazistas guardavam todo o dinheiro e objetos de valor que os judeus das cidades e vilas trouxeram consigo, foi apelidado de Canadá. A comida consistia de uma imitação fraca de café e pão pela manhã, sopa aguada no almoço e pão à noite. O pão era duro e sem sabor; a sopa era morna e, se você tivesse sorte, talvez achasse uma batata enrugada flutuando nela. Eu aprendi um truque sobre a sopa: esperar um pouco antes de entrar na fila. Os ingredientes mais pesados ficavam depositados no fundo, por isso quem estava no final da fila recebia sopa mais grossa. Ficando para trás, eu quase sempre conseguia alguma coisa mais sólida. Esse pequeno complemento na comida poderia me impedir de virar um *Muselmann*.

Como era proibido sair à noite, se quiséssemos ir ao banheiro tínhamos de usar um barril dentro do barracão, em vez das latrinas do campo. Havia apenas dois barris para quinhentas pessoas, portanto aprendemos a tirar o máximo proveito possível das latrinas durante o dia. Havia uma para cada quadra de prisioneiros, que, na verdade, consistia apenas de uma fileira de buracos cortados nas tábuas que cobriam a fossa. Prisioneiros com relógios montavam guarda na porta. Sua função era garantir que nenhum prisioneiro ficasse mais de dois minutos na latrina. Se você demorasse mais, era enxotado a cacetadas por um guarda da SS. Não se permitia vadiagem em Birkenau.

Nesse caso, porém, o tiro dos alemães saía pela culatra. Ao postar sempre os mesmos prisioneiros na latrina, o único local por onde todos nós passávamos durante o dia, eles nos forneciam carteiros secretos. Os nazistas não nos deixavam conversar, mas, se você tivesse um recado para alguém, podia sussurrá-lo ao prisioneiro de guarda na porta da latrina ao entrar. Ele, por sua vez, memorizava o recado e o sussurrava ao destinatário quando este fosse mais tarde fazer suas necessidades.

Certo dia, ao entrar na latrina com outro prisioneiro, ouvi o guarda sussurrar: "Hoje à noite". Eu não sabia do que se tratava, mas o recado não era para mim.

Naquela noite, eu estava dormindo em minha prateleira, entalado com os outros prisioneiros de meu barracão, quando fui subitamente despertado por gritos. *Kapos* e guardas da SS haviam invadido o barracão e estavam acordando os prisioneiros aos berros e golpes de cassetete. Fiquei desorientado e assustado, mas consegui rolar logo para fora da prateleira. Isso era algo incomum em Birkenau, onde geralmente nos deixavam dormir em paz à noite.

Fomos rapidamente reunidos e enfileirados no pátio. Percebi de imediato que havia algo errado. Os holofotes das torres não estavam varrendo o campo preguiçosamente, como de costume. Estavam voltados para fora, onde vasculhavam a mata freneticamente, de um lado para outro. Além da cerca de arame farpado que cercava o campo, cães de guarda latiam e carros e tanques passavam apressados.

— Fuga — sussurrou um homem ao meu lado.

Uma fuga! Quem? Como? Meu coração palpitava dentro do peito. Desejei estar com os fugitivos, fossem quem fossem, correndo em direção à floresta, aos morros... a qualquer lugar que não ali.

Escapem, eu rezei por eles. *Escapem. Fujam.*

Um nazista passou checando nossos números numa prancheta. Sempre havia alguns prisioneiros que não conseguiam mais sair da cama, que haviam virado *Muselmänner*. No fundo, era isso que os nazistas queriam, matar-nos de exaustão e fome. Mas quais prisioneiros estavam morrendo nos barracões e quais estavam correndo em liberdade pelos bosques?

O nazista agarrou minha mão, leu o número em meu braço e passou adiante para o próximo. Ele me apertou com tanta força que machucou meu pulso. Os nazistas estavam furiosos. Prisioneiros não deveriam se rebelar. Prisioneiros não deveriam fugir.

Será que eles vão conseguir escapar? Se conseguirem, para onde irão? Será que eu conseguiria fugir de Birkenau também? Será que eu conseguiria viver no mato, comendo nozes e frutas silvestres, dormindo ao relento? Não podia ser pior do que os campos de concentração. Talvez nem todos os poloneses fossem como aqueles meninos horríveis que atiraram bolas de neve na estação de trem. Quem sabe algum polonês solidário me desse refúgio, me escondesse em seu celeiro.

Ficamos horas em pé, madrugada adentro. Fizeram até mesmo uma nova conferência, como se alguém tivesse escapado nesse meio-tempo, algo praticamente impossível. Então, pouco antes de amanhecer, ouviram-se gritos exaltados dos nazistas do lado de fora. Os portões foram abertos e um bando esfarrapado de prisioneiros, espancados e ensanguentados, foi conduzido de volta ao campo. Senti imediatamente o estômago revirar; minhas pernas ficaram bambas.

Os fugitivos não tiveram sucesso. Foram capturados. De que maneira, eu não sabia, nem quantos haviam escapado e quantos foram pegos. Mas aqueles homens não tiveram sucesso e pagariam um preço alto por isso.

O oficial da SS no comando da guarda dirigiu-se a nós, num tom de escárnio.

— É impossível fugir de Birkenau! — gritou. — Impossível! Talvez alguns de vocês estejam pensando em fugir. Não há ninguém lá fora esperando para ajudá-los. Não há onde se esconder. Vocês serão capturados! E eis o que fazemos com quem tenta fugir!

Eles alinharam os homens contra um muro no pátio de conferência. *Rá-tá-tá-tá-tá-tá!* O próprio comandante os fuzilou, crivando seus corpos de balas.

— Tragam o grupo de trabalho deles! — disse o oficial.

Outros homens foram arrancados das fileiras, prisioneiros que não haviam feito nada além de trabalhar ao lado dos homens que fugiram, prisioneiros que não haviam tentado escapar.

Rá-tá-tá-tá-tá-tá! O homem da SS os fuzilou também. Em seguida, voltou sua metralhadora na direção de nossas fileiras. *Rá-tá-tá-tá-tá!* Eu fechei os olhos e rezei para não ser atingido pelas balas. Eu tremia enquanto outros prisioneiros eram atingidos e caíam mortos à minha volta. No entanto, eu não podia me mover. Eu não podia correr. O mínimo movimento faria de mim um alvo.

— Esta é a punição para fuga! Todos vocês serão considerados culpados! — berrou o oficial da guarda.

Ele continuou atirando até acabarem as balas da metralhadora. Click-click-click.

O oficial da SS jogou a arma ao chão.

— Limpem esta sujeira — ele ordenou e foi embora, deixando-nos para carregar nossos próprios mortos.

Naquela noite, durante as poucas horas de sono que nos restaram, sonhei que estava sendo perseguido por Amon Göth e seus cachorros. Eu corria, corria, corria, mas não conseguia me livrar deles. Então um dos cães pulava e mordia meu braço esquerdo. Acordei gritando, segurando meu braço inflamado — meu braço esquerdo, onde os nazistas haviam gravado B-3087.

CAMPO DE CONCENTRAÇÃO DE AUSCHWITZ
1945

CAPÍTULO 19

Alguns meses depois de chegarmos a Birkenau, fomos informados de que Auschwitz precisava de trabalhadores. Como Auschwitz ficava nas proximidades, no mesmo complexo de Birkenau, marchamos até lá pela estrada e através dos campos. Nosso *Kapo* nos deteve na estação para aguardar a chegada de novos prisioneiros. Sabíamos que eram novos porque desceram do trem vestindo roupas comuns em vez de uniformes de prisioneiros e trazendo consigo malas e filhos.

— Deixem as malas! — ordenaram os nazistas.

— Por quê? Fomos instruídos a trazê-las — argumentaram eles.

Os nazistas prometeram que elas seriam devolvidas mais tarde, e os novos prisioneiros acreditaram. Os nazistas adoravam receber gente nova que não sabia o que esperar. Aquilo os divertia. Eu sentia pena dos recém-chegados. Não faziam ideia do verdadeiro pesadelo que os aguardava.

— Já ouviram falar em Auschwitz? — perguntou nosso *Kapo* aos novos prisioneiros. — Não? Alguém os aguarda lá dentro. Sabem quem? A morte, é claro. A morte os aguarda. Vocês verão.

A caminho do portão principal, os novos prisioneiros evitaram se aproximar de nós, veteranos. Eles nos encaravam com olhos arregalados, tirando as crianças de perto. Parecíamos monstros? Olhei em volta, examinando os outros que vieram comigo de Birkenau. Éramos só pele e osso, com cabeças raspadas, passos arrastados e marcas vermelhas de tatuagem nos braços. Tínhamos os olhos afundados, as orelhas salientes feito as de burro e devíamos cheirar muito mal, embora já estivéssemos acostumados ao nosso próprio fedor. Eu tinha 15 anos (16, talvez?) e parecia um velho de 60. Para essas pessoas que tinham acabado de descer do trem, devíamos parecer doentes mentais fugidos de um sanatório, com nossas cabeças raspadas, calçados de madeira e enormes uniformes listrados de azul e cinza.

Mal sabiam eles que era exatamente isso que os aguardava. Se não fossem levados diretamente às câmaras de gás e fornalhas.

Atravessamos o portão principal de Auschwitz, sobre o qual havia uma frase em alemão: ARBEIT MACHT FREI. Meu conhecimento de alemão era suficiente para traduzi-la: *O trabalho liberta.*

Um sorridente guarda da SS nos contou uma história diferente ao passarmos.

— Vocês entram pelo portão principal — ele disse —, mas a única saída é pela chaminé.

Com os novos prisioneiros, observei o topo das chaminés de tijolo, que despejavam rolos de fumaça negra e espessa no céu branco e azul. O crematório. Pequenos flocos cinza flutuavam por toda a parte, acumulando-se nas poças de água no pátio. Vi uma menininha de vestido azul pegar um com a língua, como se fosse um floco de neve. Não tive coragem de lhe dizer que eram as cinzas dos que haviam chegado ali antes.

Reconheci imediatamente o pátio de conferência. Eram todos iguais: um grande terreno lamacento cercado por arame farpado, com um muro especialmente construído para fuzilamentos, crivado de balas. Prisioneiros de Auschwitz encarregados da organização dos internos nos colocaram em fila única. Um deles cambaleou pela fila, aconselhando num sussurro urgente:

— Vocês têm 18 anos, têm boa saúde e têm uma profissão. Vocês têm 18 anos, têm boa saúde e têm uma profissão.

— O quê? — perguntou o homem à minha frente.

Ele vestia calças pretas e um colete preto sobre uma camisa branca limpa. Estava acompanhado da esposa e do filho pequeno. O menino não devia ter mais que 10 anos de idade.

— O que aquele homem disse? Por que devo dizer que tenho 18 anos?

— Seu filho — eu disse. — Diga que seu filho tem 18 anos e uma profissão.

Eles se encolheram em horror ao ver minha figura monstruosa. *Veremos se não estarão iguais a mim daqui a um ano,* eu pensei.

— O quê? Mas isso é absurdo. Ele tem 9 anos. É apenas um menino — disse a mulher.

Não insisti. Um soldado nazista passava por perto, e eu não ia ser pego conversando.

A fila conduzia lentamente a uma mesa onde os prisioneiros eram classificados. Havia três oficiais nazistas sentados à mesa. Os dois oficiais nas pontas vestiam camisas e calças marrons, mas o homem no meio usava o uniforme preto dos oficiais superiores. Tinha uma aparência impecável, com um reluzente quepe preto, medalhas lustrosas e elegantes luvas brancas. Ninguém nos campos de concentração tinha um aspecto tão perfeito, nem mesmo os comandantes. Percebi imediatamente que se tratava de uma figura importante. Tinha um cassetete na mão direita, que movia com rapidez para a esquerda ou direita para separar a fila.

Um lado, eu sabia, era para os grupos de trabalho. O outro devia ser para as fornalhas.

— Bom material desta vez — eu o ouvi dizer ao me aproximar.

— Sim, *Herr* doutor Mengele — disse um dos de camisa marrom.

— Próximo — disse Mengele à família à minha frente. — Quantos anos vocês têm?

— Eu tenho 39, minha esposa tem 36 e nosso filho tem 9 anos — respondeu o homem a Mengele.

— Têm boa saúde? — perguntou Mengele ao homem.

— S-sim. Porém, minha esposa teve pneumonia recentemente e ainda está um pouco fraca.

Eu fechei os olhos. O homem estava falando demais, e não as coisas certas.

— Sua profissão? — perguntou Mengele.

— Escrevente.

— Não mais — disse Mengele a ele.

Com o cassetete, indicou a direita para o homem e a esquerda para a mulher e o menino. Eles foram separados pelos *Kapos*.

— Esperem! Aonde vão levá-los? — perguntou o homem, com um olhar aterrorizado.

— Papai! — gritou o menino.

Ele esticou os braços na direção do pai, mas um oficial da SS o puxou para longe, junto com a mãe, enquanto outro oficial empurrava o pai para a direita.

— Próximo — disse Mengele para mim. — Quantos anos você tem?

Eu me estiquei, tentando parecer o mais alto possível.

— 18 — menti.

— Tem boa saúde?

— De ferro — menti novamente, esforçando-me para ficar firme em pé.

— Qual sua profissão?

Eu não podia dizer "estudante". O homem antes de mim dissera "escrevente" e tivera sorte de ser selecionado para trabalhar.

— Pedreiro — menti mais uma vez.

Herr doutor Mengele apontou o cassetete para a direita, e eu me juntei às fileiras de homens e mulheres escolhidos para trabalhar. Pelo menos torci para que fosse esse o grupo. Ao lado dos novos prisioneiros, os antigos como eu pareciam ridiculamente fracos e incapazes de realizar qualquer tipo de trabalho manual.

— Para onde estão levando minha esposa e meu filho? — perguntou a um *Kapo* o homem que estava à minha frente na fila.

O *Kapo* lhe deu uma cacetada, abrindo-lhe o lábio.

— Eles vão para as câmaras de gás! Agora cale a boca, a menos que queira ir junto!

Por um momento, parecia que o homem ia dizer que queria.

— Salve sua própria vida — alguém sussurrou. — Desista deles. Para eles, é melhor assim.

— Como posso desistir? — gritou o homem. — Eles são minha família. Eu os amo.

Mas ele ficou onde estava, chorando e estancando o sangue do lábio com a mão.

Ao final da seleção, um dos nazistas de camisa marrom dirigiu-se ao nosso grupo. O trabalho de *Herr* doutor Mengele havia terminado.

— Prisioneiros! — disse o camisa-marrom. — Vocês têm sorte. São fortes o suficiente para fazer parte do grupo de trabalhadores. Quando recolhermos todos os judeus da Europa em nossos campos de concentração, organizaremos um novo Estado judeu para vocês, onde serão livres.

Os novos prisioneiros entreolharam-se, esperançosos. Alguns deles, como o homem à minha frente na fila, na certa pensaram que seus familiares ainda estavam vivos e tinham apenas sido levados para outra parte do campo. Ainda não conheciam os jogos dos nazistas. As mentiras que nos contavam por diversão.

— Também ficarão felizes em saber que sua estadia aqui no campo não lhes custará nada. Todos os objetos de valor que vocês trouxeram estão sendo distribuídos entre os campos, onde serão usados exclusivamente para benefício dos judeus.

Outra mentira. Em Birkenau, todos os objetos de valor eram empilhados no depósito do campo, o Canadá. Nós víramos os nazistas servindo-se do depósito para uso pessoal, antes de embarcarem toneladas de ouro e prata para Berlim.

— Trabalhem — urgiu o oficial. — O trabalho libertará vocês. Se trabalharem duro, se desempenharem suas tarefas fielmente, poderão fazer parte do quadro de servidores da *Wehrmacht*, as forças armadas do III Reich. Isso lhes dará oportunidade de ocupar posições de autoridade no novo Estado judeu.

Os novos prisioneiros acenaram com a cabeça, engolindo a isca com linha, anzol e tudo. Quando a conferência terminou e fomos enviados aos nossos novos barracões, não tive coragem de dizer a nenhum dos novos judeus que era tudo um monte de mentiras. Ninguém teve. Os novos prisioneiros logo descobririam e teriam de aceitar a verdade ou morrer.

Naquela noite, deitado na prateleira do meio de meu beliche, ouvi vozes cantando ao longe. Não pude acreditar e ergui a cabeça para escutar melhor. Era uma cantiga de ninar que minha mãe costumava cantar para mim quando criança, mas parecia entoada por um coro. Estava delirando? Tinha finalmente enlouquecido?

— São as mulheres — sussurrou o homem ao meu lado no beliche. — Elas cantam quando mães e filhos são levados às câmaras de gás.

Fiquei ouvindo o canto delas, distante e melancólico.

— Elas cantam com que frequência? — perguntei.

— O dia inteiro — respondeu o homem. — O dia inteiro e todas as noites.

CAPÍTULO 20

Ocasionalmente, alguns dos prisioneiros não acordavam pela manhã.

Estavam mortos. Ou morrendo. Os guardas entravam e batiam nos corpos para se certificar de que não estavam fingindo. Depois, enquanto estávamos na conferência ou trabalhando, os corpos desapareciam, transportados às fornalhas para serem cremados como os outros.

Certa manhã, um homem no beliche ao meu lado não acordou. A essa altura, eu já tivera vários encontros com a morte. A morte e eu éramos velhos conhecidos. Nós nos reconhecíamos nas ruas. Aquele homem estava certamente morto.

— O que foi? — perguntou-me outro prisioneiro.

Era um garoto, como eu, talvez um ou dois anos mais velho.

— Este homem está morto — respondi.

O garoto o cutucou para ter certeza e depois olhou em volta para ver se os *Kapos* já estavam chegando.

— Reviste os bolsos dele — ele disse.

— O quê?

As palavras dele me pegaram de surpresa.

— Veja se ele ainda tem pão.

Parecia uma coisa terrível de se fazer, mas, se o homem ainda tivesse alguma comida, certamente não ia mais precisar dela. Enfiei as mãos nos bolsos de sua camisa listrada e encontrei um pedaço de pão da noite anterior, infestado de piolhos. Catei os piolhos, rasguei o pão ao meio e dei metade para o garoto. Engolimos rapidamente, antes que os *Kapos* chegassem.

O garoto apresentou-se como Fred. Eu lhe disse meu nome: Yanek. Não B-3087. Nem me lembrava mais da última vez em que dissera meu nome a alguém. Fred e eu apertamos as mãos. Era meu primeiro contato intencional com alguém em campos de concentração desde a morte de tio Moshe. Eu vivia tocando os outros prisioneiros — nas conferências, no trabalho, nas filas de comida, na cama à noite. Mas eu não trocava um aperto de mão ou um abraço com alguém propositadamente havia meses. Foi bom estabelecer uma relação com outra pessoa, apesar de me lembrar novamente das palavras de tio Moshe: "Você não tem nome, personalidade, família ou amigos. Nada que o identifique, nada que seja importante para você. Só assim poderá sobreviver".

Fred e eu ficamos juntos na conferência, mas obviamente não trocamos uma palavra. Na divisão dos grupos de trabalho, fomos ambos enviados à mina de cascalho, onde trabalhamos lado a lado quebrando pedras.

— De onde você é? — perguntou-me Fred, enquanto trabalhávamos.

Eu hesitei, recordando as advertências de tio Moshe. Mas Fred era a primeira pessoa de minha idade que eu conhecia desde Isaac e Thomas, os garotos com quem eu me escondera debaixo do piso em Plaszóvia. Era tão bom simplesmente conversar outra vez, como um ser humano.

— Cracóvia — eu lhe contei.

— Eu também! — disse Fred.

Citamos nossas ruas e descobrimos que tínhamos morado relativamente perto um do outro. Até tínhamos frequentado alguns parques e lojas em comum.

— Todos os dias eu passava pela rua Krakusa para levar minha irmã à escola — ele recordou.

Depois ficou um tempo em silêncio.

— Onde ela está agora? — perguntei.

— Ela e meus pais vieram para cá comigo. Eu fui enviado para a direita. Eles foram para a esquerda.

Eu sabia o que isso significava. Todos sabíamos. A família dele estava morta.

Ouvimos o ronco de aviões sobrevoando e olhamos para cima.

— Aviões britânicos — alguém sussurrou.

Eu não sabia como eles conseguiam distinguir, mas torci para que tivessem razão. Aviões britânicos significavam que os Aliados estavam avançando, levando o combate para território alemão. Os Aliados eram as forças conjuntas que combatiam a Alemanha: Inglaterra, França, Estados Unidos e outros países.

Os *Kapos* estalaram seus chicotes para que voltássemos ao trabalho, mas logo ouvimos explosões a certa distância. Os Aliados estavam bombardeando áreas próximas!

— Às vezes, eu torço para que os Aliados joguem bombas sobre nós — disse Fred em voz baixa. — Destruindo totalmente este lugar, junto com todos os nazistas e *Kapos*. E eu também.

— Não podemos desistir — eu disse a ele. — Temos de sobreviver.

Fred tentou sorrir, mas percebi que ele ainda estava pensando na família. Ele não disse mais nada o resto da manhã. Foi só na hora do almoço que teve vontade de conversar de novo. Ergueu uma colherada do caldo morno e insosso e a despejou novamente na tigela.

— Sabe qual será a primeira coisa que eu farei ao sair dos campos de concentração? Vou comprar um pão bem grande, quentinho e dourado. Depois, vou cortar uma fatia bem grossa, passar bastante manteiga e comê-la em três mordidas.

Eu dei risada.

— Prefiro cinco pãezinhos doces. Ah, e *bagels*. Três.

— Com requeijão!

— Bolo de cenoura com nozes.

— Pudim de chocolate!

Meu estômago roncava só de falar em toda aquela comida deliciosa, mas era divertido sonhar. Prosseguimos montando nosso cardápio a tarde inteira na mina de cascalho e noite adentro no barracão, deitados lado a lado em nossa prateleira.

— Pão chalá fresco! — eu disse.

— Chucrute.

— Sopa de cogumelos.

— Repolho recheado.

— Querem parar de falar sobre comida? — gritou finalmente um prisioneiro perto de nós. — Não aguento mais!

Fred e eu rimos, mas paramos. Era melhor dormir o máximo possível. Um dia duro de trabalho nos aguardava, sem nada de bom para comer.

Fred e eu nos tornamos inseparáveis no campo. Ficávamos juntos na conferência, comíamos juntos, tentávamos pegar os mesmos grupos de trabalho, dormíamos lado a lado à noite. Era bom ter um amigo. Um dia, porém, reparei que Fred rachava lenha com mais dificuldade do que no dia anterior e, à noite, não quis comer o pão.

— O que houve, Fred?

— Não estou me sentindo bem — ele me disse.

Fred me ofereceu sua porção de pão e subiu na cama. Guardei o pão para ele no bolso. Certamente, ia querer no dia seguinte.

Mas ele não quis. E também não tomou a sopa no almoço. Além disso, tive de fazer parte de seu trabalho no depósito de lenha para cumprir sua cota. Naquela noite, no beliche, eu disse a Fred, em voz baixa, que ele tinha de melhorar.

— Não consigo, Yanek. Dói muito.

— O que dói?

— Meu estômago. Minha cabeça. Minha garganta.

Fred estava doente, não havia dúvida disso. Mas não se podia ficar doente em um campo de concentração. Não a ponto de não poder trabalhar. Havia uma enfermaria no campo, mas ninguém queria ir. As pessoas nunca voltavam de lá.

— Amanhã você estará melhor — eu disse a Fred. — Guardei um pouco de pão para quando você melhorar.

Mas Fred não melhorou no dia seguinte. Ele piorou. Nem conseguia sair da cama.

— Você tem de se levantar, Fred! — eu disse a ele. — Você tem de se mexer. O *Kapo* virá buscá-lo a qualquer momento!

— Não — gemeu Fred. — Não, Yanek. Vá você. Você precisa ir. Vá.

— O que é isso? O que está acontecendo? — inquiriu uma voz zangada.

Era o *Kapo* de nosso barracão. Ele me empurrou de lado e cutucou Fred com o cassetete.

— Levante-se. Hora da conferência.

— Ele não consegue — eu disse ao *Kapo*. — Está doente.

O *Kapo* acertou-me com o cassetete e eu caí ao chão. Levei a mão à orelha e senti sangue.

— Levante-se! — ordenou a Fred novamente.

Bateu em meu amigo com o cassetete, fazendo-o gemer.

Levantei-me do chão e estava prestes a agarrar o *Kapo* para tentar detê-lo, mas outro prisioneiro me puxou pelo braço.

— Venha — ele sussurrou. — Vamos embora, garoto.

O *Kapo* bateu nele outra vez e mais outra.

— Fred! — eu berrei.

— Vá para a conferência ou levará uma surra! — o *Kapo* me ameaçou.

— Yanek — Fred gemeu. — Vá, por favor.

O *Kapo* bateu nele novamente enquanto o outro prisioneiro me puxava para fora.

— Ele vai matá-lo! — eu implorei ao homem.

— Sim, e vai matar você também, se interferir. É isso que quer?

Entrei em fila para a conferência, procurando por Fred. Ele tinha de se levantar. Ele era capaz. Ainda não era um *Muselmann*. Estava apenas doente! Ele ia melhorar!

Fred chegou ao final da conferência, mas apenas porque foi arrastado até lá por dois *Kapos*. Tinha o rosto coberto de sangue dos golpes que levara, e seu corpo estava tão inerte que ele nem tentava ficar em pé. Lutei para controlar as lágrimas que encheram meus olhos.

Os *Kapos* arrastaram Fred para a frente do pátio de conferência, onde havia um cadafalso. Era um aparato simples: apenas duas estacas com uma barra atravessada por cima. Da barra, pendia uma corda com um laço na ponta. Os dois *Kapos* passaram o laço pelo pescoço de Fred e o apertaram, deixando uma cadeira sob seus pés para evitar que se enforcasse. Ele estava tão fraco que nem conseguia ficar em pé; seu rosto começou a ficar azul com aquele laço apertando cada vez mais o pescoço. Eu abafei um soluço.

— Este homem diz que não pode trabalhar — disse-nos um nazista.

Não, eu pensei. *Ele pode, sim. É um bom trabalhador. Está apenas doente.*

— O trabalho liberta — o nazista continuou. — Mas se você não é capaz de trabalhar...

O nazista sinalizou com a cabeça para os *Kapos* e um deles chutou a cadeira que estava embaixo de Fred. Ele ergueu a cabeça por um breve momento, o suficiente para que eu visse seu rosto horrorizado. Depois disso, não tive mais coragem de olhar.

Naquela noite, rezei um *kaddish* para Fred ao comer o pão dele e fiz outra promessa para nunca esquecer.

MARCHA DA MORTE
1945

CAPÍTULO 21

Certa manhã, em Auschwitz, fomos informados logo após a conferência de que seríamos transferidos. Todos nós. Eu suspeitava que havia aproximadamente cinco mil prisioneiros reunidos na conferência todas as manhãs. O comandante da guarda nos disse que o campo de concentração de Sachsenhausen precisava de trabalhadores e que seríamos enviados para ocupar seus barracões.

Senti a tensão crescer entre os prisioneiros à minha volta. Se pudéssemos, teríamos sussurrado e conversado entre nós. Todos os dias, aviões Aliados sobrevoavam o campo e suas bombas caíam cada vez mais perto. Às vezes, ouvíamos sons de artilharia à noite. Artilharia pesada. Canhões de tanques, canhões antiaéreos. No início, os alemães haviam levado a guerra para França, Bélgica, Países Baixos e Rússia. Agora, os combates estavam ocorrendo na Alemanha. Assim, quando os nazistas disseram que seríamos transferidos para Sachsenhausen porque o campo precisava de trabalhadores, ninguém acreditou. Os Aliados estavam se aproximando. Estavam avançando! A qualquer dia podíamos ser libertados. Esse era o comentário nos barracões. Os nazistas provavelmente queriam nos tirar da linha de frente.

Não havia trens para nos levar a Sachsenhausen, disse-nos o comandante da guarda, portanto teríamos de andar. Se os alemães estavam precisando mobilizar todos os seus trens para o esforço de guerra, isso era outro bom sinal de que a guerra estava chegando ao fim. Mas era um mau sinal para nós. Eu não fazia ideia de onde Sachsenhausen ficava, nem a distância que teríamos de percorrer, mas me senti exausto só de pensar em caminhar o dia inteiro. Eu sabia que alguns dos prisioneiros mal passariam do primeiro quilômetro. Mas íamos andar, alguns descalços, outros em tamancos de madeira do tamanho errado, vestindo apenas nossos uniformes finos em pleno inverno.

Os nazistas distribuíram meia baguete para cada um, dizendo que era para a viagem inteira. Mas quantos dias seriam? Ninguém ousou perguntar. Eu decidi logo de início que comeria apenas um pedacinho de pão por vez, para fazê-lo durar. Se sobrasse algo no final, eu comeria em Sachsenhausen.

Debaixo dos chicotes e cassetetes dos *Kapos* e oficiais da SS, saímos em marcha pelo portão principal de Auschwitz.

"Vocês entram pelo portão principal, mas a única saída é pela chaminé", disseram-nos os guardas quando chegamos. *Olhem para mim agora!*, tive vontade de gritar. *Estou saindo pelo portão principal também!* Eu sobrevivera ao gueto. Eu sobrevivera a Plaszóvia, Wieliczka, Trzebinia, Birkenau e Auschwitz. Eu ia sobreviver a tudo. Jurei que estaria vivo quando os Aliados nos libertassem.

Mas a marcha da morte, como passamos a chamá-la à medida que nossos números se reduziam, superou tudo que eu poderia imaginar. Marchamos durante várias horas por dia, cambaleando, tropeçando, avançando da melhor maneira possível. Andamos e andamos sem parar. Comecei a suspeitar que não havia nenhum campo de Sachsenhausen, que os nazistas pretendiam nos fazer andar até morrer. Os que não conseguiam acompanhar a marcha eram mortos e abandonados à beira da estrada. Os tiros de pistola na retaguarda nos acompanhavam o tempo todo. Quando soavam muito próximos, sabíamos que tínhamos de apertar o passo.

Nevou a maioria dos dias. Tínhamos sorte quando a estrada de terra que percorríamos ficava totalmente congelada; quando a neve começava a derreter, o chão virava lama gelada. Os que estavam descalços foram os primeiros a ficar para trás e morrer. Alguns rasgaram tiras de suas camisas de lona para amarrar em volta dos pés, mas quando a lona molhava era ainda pior. Eu ao menos tinha tamancos de madeira para proteger os pés do chão gelado, embora eles congelassem do mesmo jeito, já que eu não tinha meias.

Não havia água. Comíamos neve quando parávamos à noite, pegávamos flocos com a língua enquanto andávamos. Dormíamos ao relento quando não havia um galpão ou celeiro por perto (o que era frequente), deitados uns em cima dos outros, feito cachorros, para nos aquecer. Os *Kapos* e nazistas acendiam fogueiras para eles. Nos campos de concentração, ao menos ficávamos abrigados do frio durante a noite. Ali fora, as condições climáticas matavam mais prisioneiros que os nossos guardas.

No quinto dia — ou seria o sexto?, eu perdera a conta —, senti ao acordar que não poderia mais continuar. Meus braços e pernas estavam tão gelados que eu não conseguia movê-los. Tive certeza de que seria morto por um guarda. Mas havia vários outros na mesma condição. Um homem acordou com a orelha grudada ao solo, congelada. Os nazistas nos deram tempo para despertar e aquecer os músculos antes de retomar a marcha, num pequeno gesto de compaixão. Ou pode ser que simplesmente não tinham balas suficientes para todos.

Mais tarde naquele dia, conforme cambaleávamos pela estrada, olhei os homens à minha volta. Éramos esqueletos. Fantasmas. Criaturas imundas e desdentadas, em uniformes de prisioneiro sujos e grandes demais. Fios de cabelos finos e esparsos começavam a crescer em nossas cabeças raspadas. Um princípio de barba rala cobria a pele acinzentada dos mais velhos. Nossos dedos estavam compridos e ossudos, feito vampiros em um filme de terror de Hollywood. Parecíamos múmias com nossa pele do rosto rachada e enrugada. Todos nós nos movimentávamos como zumbis, mais nos arrastando do que propriamente andando, tentando sempre ficar um passo adiante dos nazistas e suas armas.

Não faz muito tempo, pensei, *todos esses mortos-vivos à minha volta levavam vidas normais.* Quais entre eles eram médicos? Professores? Músicos? Comerciantes, como meu pai? Quais dos garotos eram estudantes, como eu? Que jogavam bola nas ruas depois das aulas, rindo e chamando os amigos?

Parecia ter sido há tanto tempo. Anos. Quantos anos? Eu estava começando a perder a conta dos anos também. Cinco? Seis? Fora tanto tempo assim? Eu tinha 10 anos quando a guerra começou. Portanto, teria 16 anos. Eu provavelmente estaria terminando a escola, pensando numa carreira ou talvez em entrar na universidade. Meus pais sempre quiseram que eu continuasse meus estudos. Naquela época, porém, havia bastante tempo para pensar nisso. Anos e anos de preparação. Anos perdidos, roubados de mim pelos nazistas.

Fechei os olhos e segui andando, apenas semiacordado, sempre atento ao estampido das pistolas em meu encalço para saber quando apertar o passo. Havia o perigo de desmaiar, de ser executado enquanto estava desacordado, mas eu não conseguia me controlar. Só me sobrara metade da ração de pão, enfiada na cintura das calças. Eu havia economizado o máximo possível e não tinha mais energia para caminhar.

Algo roncou ao longe. Nossa coluna vacilante — bem menor agora do que no início da marcha — diminuiu o passo e olhou para cima. Lá no alto, entre as nuvens, sobrevoaram três aviões enormes lançando pequenas manchas pretas de suas barrigas.

Bombas. Eram aviões Aliados bombardeando algum alvo na região! Ouvimos o estrondo das explosões e vimos fumaça subindo no horizonte, por trás de uma colina. Eu queria torcer por eles, erguer os punhos e gritar: "Isso mesmo! Acabem com os nazistas!". Mas sabia que tinha de ficar calado. Nem mesmo sabia se teria forças para gritar. Os *Kapos* estalaram os chicotes e seguimos em frente, mas secretamente eu ainda estava encorajando a ação dos Aliados.

Um dos prisioneiros começou a cantar. Ele era tcheco, acho. Parecia ser tcheco, pela minha experiência com a língua nos campos de concentração. "*Bejvavalo dobre, bejvavalo dobre*", ele cantou, numa voz fraca, mas insistente. "*Za nasich mladejch let, bejval svet jako kvet.*" Fiquei tenso, certo de que um dos soldados o mataria, mas eles o deixaram continuar. Outro prisioneiro tcheco, mais atrás, juntou-se a ele, e depois outro perto de mim. Em seguida, um polonês ao meu lado começou a cantar e eu reconheci o refrão: "Ei, ei, ei, falcões, sobrevoem as montanhas, florestas, ravinas. Toque, toque,

toque, meu sininho, nas estepes, toque, toque, toque. Lamento, lamento pela moça, pela verde Ucrânia. Lamento, lamento que seu coração chore. Eu nunca mais a verei".

Outro polonês passou a acompanhá-lo e logo havia um coro. Depois, os judeus alemães começaram a cantar uma canção diferente, e os judeus italianos, outra. Ouvi uma voz em holandês, depois outra em inglês, e atrás de mim soou em francês a voz mais bela que eu jamais ouvira, embora eu não entendesse uma palavra da canção. Caminhamos cantando cem canções diferentes, todos nós, e os nazistas nos deixaram cantar. Outro pequeno gesto de compaixão. Ou talvez eles também tivessem saudades de como o mundo era antes da guerra.

CAPÍTULO 22

Após nove dias de nossa longa marcha — ou teriam sido dez? —, eu me vi andando ao lado de outro garoto, aproximadamente de minha idade. Tinha o rosto vermelho e os olhos semicerrados. Ele cambaleava a cada passo. Estava no último estágio antes de virar um *Muselmann*, antes de desabar no chão e não conseguir mais se levantar. A certa altura, balançou tanto que quase caiu em cima de mim, então apertei o passo para me afastar.

No entanto, não consegui parar de pensar nele. Ele me lembrou Fred, doente na cama, sem forças para se levantar e trabalhar. Fred, que fora um grande companheiro em Auschwitz quando eu queria um amigo desesperadamente, quando eu *necessitava* de um amigo. Fiquei virando para trás para ver o garoto, observando-o costurar as filas que se arrastavam. Uma vez, ele tropeçou e caiu, só conseguindo se levantar com grande esforço. Logo, estaria no fim da coluna, onde os guardas da SS e suas pistolas o aguardavam.

Eu não aguentei. Eu tinha de ajudá-lo. Diminuí o passo até me emparelhar com ele de novo.

— Ei — eu disse. — Ei... Você tem de andar mais rápido.

O garoto não respondeu. Não havia mais vida em seus olhos, nenhum indício de que me ouvira. Agarrei seu braço.

— Ei, ouça-me. Só mais um dia, está bem? Aguente mais um dia. Esta noite poderá dormir e renovar as energias para amanhã. Você tem de continuar andando.

O garoto tropeçou e caiu em cima de mim. Eu o segurei e o escorei por baixo do braço. Deixei que ele se encostasse em mim, mas depois não desgrudou mais. Talvez seu corpo soubesse que, sem sustentação, cairia ao chão de novo. Apoiou-se totalmente em mim e, de repente, eu estava carregando metade de seu peso. Ele não era muito pesado — nenhum de nós era —, mas eu já estava tão fraco e cansado da marcha e do racionamento de pão que mal conseguia suportar meu próprio peso. Poucos metros adiante, já comecei a fraquejar, mas não o soltei.

O que eu estava fazendo? Havia perdido o juízo? Tio Moshe devia estar me repreendendo. Eu até podia ouvir sua voz: "Temos apenas um objetivo agora: sobreviver. Sobreviver a todo custo, Yanek". Cada passo que eu dava era mais difícil que o anterior. Por que eu estava desperdiçando minha energia carregando um garoto doente que provavelmente estaria morto antes de chegarmos a Sachsenhausen? Eu não pensara direito nas consequências e então estava ali, sustentando o garoto em pé.

Eu deveria largá-lo, pensei várias e várias vezes. *Deixá-lo enfrentar sua própria sorte. Eu deveria salvar a mim mesmo*. Era assim que se sobrevivia aos campos: cuidando de si mesmo. Ninguém mais ia fazê-lo por você.

Mas aquele menino tinha um rosto. Tinha um nome também, embora eu não soubesse qual. Poderia ser Yanek Gruener, filho de Oskar e Mina, da rua Krakusa, número 20, Podgórze, Cracóvia. Se fosse eu, não desejaria que alguém me ajudasse? Mesmo que estivesse delirando de fome e exaustão, não ia querer que o garoto que estava me ajudando continuasse me segurando, que me ajudasse a avançar apenas um pouco mais?

Devia haver mais alguém que pensasse igual. Se ao menos eu pudesse achar outra pessoa para me ajudar, se dividíssemos o fardo, todos nós sobreviveríamos, até mesmo esse garoto sem nome.

— Por favor — eu disse ao homem mais próximo de mim. — Por favor, me ajude.

O homem me ouviu, mas não se virou. Em vez disso, apertou o passo e nos deixou para trás.

— Ajude-me a carregá-lo — implorei a outro homem.

— Não seja tolo — ele disse e se afastou também.

— Largue-o — sugeriu outro prisioneiro para mim.

— Ele vai morrer de qualquer jeito — disse outro. — Largue-o, ou ele o levará junto.

Bang! Levei um susto. Em algum lugar atrás de nós, outro prisioneiro ficara muito para trás e fora morto pelos nazistas. Eles me matariam também se ficássemos para trás, mesmo não sendo eu o doente.

Por que ninguém nos ajudava? Não precisava ser assim, cada um por si! Se ajudássemos uns aos outros, se formássemos uma família, já que havíamos perdido nossas famílias de verdade, seríamos mais fortes! Mais pessoas poderiam sobreviver. Mas a maioria deles pensava como tio Moshe. A maioria deles só queria cuidar de si. Tive vontade de gritar, de ralhar com eles, mas eu estava cansado demais. E também não adiantaria nada. Eu tinha razão, mas eles também tinham, a seu modo. A única pessoa em quem se podia confiar em um campo de concentração era você mesmo.

Eu não devia ter ajudado o garoto. Eu sabia disso. Mas agora que o estava ajudando, recusei-me a soltá-lo. Era a teimosia da idade, de meus 16 anos. Segui em frente, dando ao garoto sem nome toda a minha energia excedente. Eu precisava comer um pouco de pão, mas estava enfiado na cintura da calça, na parte de trás, e eu não conseguia alcançá-lo e carregar o garoto ao mesmo tempo. Teria de esperar até a parada da noite antes de comer novamente. *É melhor assim*, pensei. O pão duraria mais. Contanto que eu sobrevivesse para comê-lo.

Porém, conforme caminhamos, passo a passo, quilômetro a quilômetro, meu estômago começou a se corroer. Eu estava tão faminto! Uma mordidinha só, apenas um bocadinho de pão seria suficiente para sossegar meu estômago dolorido por mais algumas horas. No entanto, eu só conseguiria comer se largasse o garoto, e já estávamos quase no final da coluna. Eu não podia parar. Comecei a chorar de tanta fome.

As nuvens escuras no céu eram sinal de mais neve, mas também de que escureceria mais rápido, quem sabe antecipando a parada noturna. *Só mais um pouquinho*, eu disse a mim mesmo. *Um passo a mais. Depois outro.* Se eu caísse, seria difícil me levantar novamente e impossível erguer o garoto. Se eu o soltasse, toda a tortura teria sido em vão e isso parecia ainda pior do que a decisão inicial de ajudá-lo.

Mas eu não aguentaria até anoitecer, mesmo com aquele céu escuro. Quando achei que não conseguiria dar mais um passo, senti o peso aliviar — um prisioneiro se aproximou e escorou o garoto pelo outro braço! Era um homem velho com olhos afundados e vermelhos, rugas profundas no rosto e uma barba grisalha. Parecia ele mesmo necessitado de ajuda para andar.

— Não consigo caminhar muito bem — disse, numa voz rouca —, mas vou ajudá-lo o resto do caminho hoje.

Lágrimas escorreram por meu rosto. Eu deveria tê-lo agradecido, mas estava cansado demais para falar. O velho pareceu entender.

— Não pare — ele me disse.

Andamos em silêncio o resto da tarde, um silêncio apenas quebrado pelo som de nossos passos sobre a lama congelada e os estalos dos chicotes dos *Kapos*. Tentei não pensar em mais nada e me concentrar em colocar um pé à frente do outro. Ainda era um grande sacrifício carregar o garoto, mas com alguém ajudando eu me senti revigorado.

A noite já caíra havia algum tempo quando alcançamos o alto de um morro, sem nenhum sinal de um celeiro ou casa por perto. Os guardas nos mandaram parar e nos avisaram que, mais uma vez, o chão congelado seria nossa cama. Ninguém reclamou. Meu companheiro e eu soltamos o garoto rapidamente ao chão e, antes que eu pudesse lhe agradecer, o velho sumiu em meio à massa de prisioneiros que se aglomeravam para se aquecer. Fiquei mais alguns instantes ao lado do garoto, imaginando qual seria seu nome, me perguntando se sobreviveria àquela noite. Ele respirava com dificuldade e seu corpo mal se mexia. Teria eu despendido toda aquela energia em vão?

Antes de dormir, eu precisava comer. Procurei o que restava de minha ração de pão enfiada nas calças, mas não achei nada! Em pânico, bati a mão por toda a cintura, verificando também se não havia deslizado para dentro das calças. Eu estava com tanto frio e minhas calças eram tão largas que talvez eu não tivesse reparado.

Mas não havia nada ali. Meu pão sumira! Devia ter caído da minha cintura sem que eu percebesse, enquanto carregava o garoto. Metade da minha comida perdida! E quem sabia quanto tempo de caminhada ainda restava? Caí de joelhos, soluçando. Sem comida seria impossível sobreviver.

Olhei novamente para o garoto sem nome e meus punhos se cerraram. Tive vontade de socá-lo. Era tudo culpa dele! Se não fosse por ele, eu não teria desperdiçado tanta energia, não teria perdido minha comida! Em vez disso, porém, esmurrei minhas próprias pernas magras. Não era culpa do garoto. Era minha, e eu sabia disso.

Foi então que eu vi. Uma saliência no bolso dele. O resto de seu pão. Uma porção igual ao pedaço que eu perdera, talvez até maior. Levei a mão ao bolso dele para pegar o pão, mas me detive. Eu chegara a esse ponto? Estava tão desesperado para sobreviver que roubaria pão de um menino doente? Rapidamente, aninhei-me atrás dele para que nos aquecêssemos durante a noite. No entanto, deitado ali sob aquele céu escuro e sem estrelas, com o estômago gemendo — ou era eu que gemia? —, não conseguia pensar em mais nada além daquele pedaço de pão. Era tão pequeno que, há muito tempo, antes da guerra, seria apenas uma sobra no meu prato depois do jantar. Mas agora aquele bocadinho de pão era tudo. Era a diferença entre a vida e a morte.

Ele está doente, eu disse a mim mesmo. *Está praticamente morto. Ele é um* Muselmann. *Não conseguirá se levantar pela manhã e será morto ali mesmo, onde está deitado. Ele não precisa do pão. Provavelmente, nem conseguiria engoli-lo. Se eu pegar o pão, ao menos um de nós sobreviverá.*

Aceite a realidade, eu disse a mim mesmo. *Ele estará morto pela manhã.*

Mesmo assim, não consegui pegar o pão. Não com ele ainda respirando, não com seu coração ainda batendo dentro do peito esquálido. Talvez estivesse morto pela manhã. Era provável. Mas eu poderia esperar até lá. Não roubaria pão de outro prisioneiro vivo. Em vez disso, fechei os olhos na esperança de que o sono me permitisse esquecer a fome durante algumas horas.

Foi meu estômago, mais do que a luz do dia, que me acordou na manhã seguinte. Meu primeiro pensamento foi o pão do garoto, mas o movimento de seu peito indicava que ele não morrera durante a noite. Ele ainda estava vivo! Como era possível? Não só estava vivo como também respirava com menos dificuldade e seu rosto já não estava tão pálido. O sono lhe restaurara as forças para enfrentar um novo dia de marcha, exatamente como eu havia prometido.

Eu tremi de raiva e frustração. Ele devia ter morrido! Eu precisava que ele morresse para ficar com seu pão.

Fechei os olhos. Em que eu estava pensando? Não era capaz de roubar pão de um garoto vivo, mas era capaz de desejar sua morte para poder pegá-lo sem culpa? O que os campos de concentração estavam fazendo comigo? Em que tipo de monstro os nazistas haviam me transformado?

Entre roubar do menino vivo ou desejar sua morte para tomar sua comida sem culpa, decidi que o pecado de roubar pesaria menos em minha consciência. Eu precisava daquele pão para viver e ia tomá-lo. Ele me *devia* essa, afinal. Só estava vivo graças à minha ajuda.

Lentamente, com a mão trêmula, estiquei o braço em volta do garoto sem nome para alcançar o pão em seu bolso. Eu o toquei. Já estava em meus dedos quando os olhos do garoto se abriram e ele despertou.

— Ei! O que está fazendo? — ele questionou.

Recolhi a mão rapidamente.

— Nada! Eu... Eu só estava checando se você ainda estava vivo.

O garoto enfiou o pão no fundo do bolso.

— Pois estou — me disse o garoto, pondo-se de pé.

— Espere — eu disse. — Fui eu que o ajudei ontem... — comecei a dizer, mas ele se afastou tropeçando para se juntar à marcha, sem ao menos uma palavra de agradecimento.

Eu teria chorado novamente se não estivesse tão cansado. Um *Kapo* passou chutando os últimos prisioneiros que ainda estavam no chão, e eu me levantei. Eu não era um *Muselmann*. Eu podia estar faminto, podia ser o garoto sem nome que os outros viram cambaleando entre as fileiras de prisioneiros por volta do meio-dia, mas ainda não tinha morrido. Meu nome era Yanek e eu ia sobreviver.

CAMPO DE CONCENTRAÇÃO DE SACHSENHAUSEN 1945

CAPÍTULO 23

Três dias depois, passei cambaleando pelos portões de Sachsenhausen. Eu mal sabia onde estava ou quem era. Minha única lembrança dos três últimos dias era uma enorme torre de rádio ao longe, que ficava cada vez maior. "Ali é Berlim", dissera alguém. "Aquela torre fica em Berlim." A torre estava em Berlim, mas nós não; estávamos em Sachsenhausen. Meu cansaço e minha fome eram tamanhos que viver ou morrer já não importava mais. A morte parecia ser um alívio bem-vindo.

Se os nazistas tivessem nos colocado imediatamente para trabalhar, eu poderia ter morrido naquele dia. Poderia ter me encolhido no chão feito um *Muselmann*, sem nunca mais me levantar. Porém, em vez disso, enviaram-nos aos barracões, onde nos deram sopa e pão. Eu estava faminto — passara dias sem alimento nenhum além da neve que eu lambia de manhã, antes da marcha —, mas só queria dormir. Quando nos deixariam deitar?

Não nos permitiram subir nos beliches, portanto tomei a sopa. Não passava de água temperada, mas estava morna, abençoadamente morna! Minha boca seca tentou saborear cada gota que engolia. Não conseguia comer o pão — não ainda —, mas não o guardei na cintura das calças dessa vez. Agarrei-me a ele como se fosse uma joia preciosa, guardando-o feito um dragão.

Finalmente, avisaram que era hora de dormir. Subi numa cama com outros cinco homens. Era impossível dormir de costas com tanta gente junta, mas assim mesmo adormeci imediatamente. Senti-me no paraíso, só pelo fato de estar abrigado do frio.

Quando amanheceu e os *Kapos* vieram nos arrancar da cama, parecia que eu havia acabado de fechar os olhos. A luz do dia revelou cadáveres espalhados por todo o campo. Alguns estavam isolados, encostados à parede de um barracão, como se tivessem simplesmente adormecido ali. Outros estavam caprichosamente empilhados em fileiras de quatro corpos, cada camada voltada em uma direção diferente para formar pilhas uniformes. Alguns corpos pareciam ter sido simplesmente abandonados onde morreram, no meio de um caminho ou atrás da latrina. Eu vira homens sendo executados e outros morrerem de fome e de frio bem diante de meus olhos. Mas ali em Sachsenhausen a morte era algo tão comum, tão corriqueiro, que os cadáveres eram como árvores caídas em uma floresta, só removidas quando bloqueavam um caminho.

Os nazistas informaram que iríamos nos lavar antes da conferência e nos conduziram às bombas de água. Não havia escovas, sabão ou toalhas, mas enxaguei o corpo assim mesmo. A água estava gelada, mas eu estava imundo devido à marcha. Ao esfregar o dedo molhado nos dentes, uma lembrança espontânea surgiu de repente em minha mente. Lembrei-me da primeira vez em que minha mãe comprara uma escova de dentes para mim. Eu não devia ter mais do que 3 ou 4 anos. A escova era de plástico, verde e brilhante. Parecia ter sido há um milhão de anos. Eu realmente tivera algo tão notável quanto uma escova de dentes? Eu realmente vivera num mundo dotado de tais maravilhas? Os objetos mais simples pareciam tesouros agora.

A caminho da conferência, comi o que pude do pão da noite anterior. Eu dormira agarrado a ele e acordara ainda protegendo-o. A sopa, a noite de sono e o pão me fizeram bem. Eu não estava nenhuma maravilha — era só pele e osso; minhas mãos tremiam —, mas ao menos não estava tão fraco a ponto de não poder trabalhar.

Os nazistas nos alinharam para a conferência perto do portão de entrada, que, assim como em Auschwitz, apresentava as palavras *O trabalho liberta*. Entretanto, nossos novos senhores não pareciam interessados em nos colocar para trabalhar. Não imediatamente. Em vez disso, ficamos em posição de sentido, com os pés afundando na lama gelada, enquanto chamavam nossos números. A conferência foi repetida várias vezes.

Começou a chover granizo. Os nazistas entraram para se aquecer junto à lareira, deixando-nos em pé no pátio. Ficaram nos observando através da janela para ver se alguém se mexia. Passamos horas ali parados, simplesmente para divertir nossos captores.

Um homem foi visto pelos nazistas limpando o gelo derretido do rosto. Saíram correndo para surrá-lo e depois o mandaram fazer a chamada "saudação de Sachsenhausen". Forçaram-no a ficar de cócoras, com os braços estendidos à frente. Se mexesse qualquer parte do corpo, se abaixasse os braços, movesse as pernas ou tombasse de lado, seria morto. Em nenhum momento deixaram que se levantasse. Aquilo era obviamente uma tortura. Mal conseguíamos nos manter em pé, quanto mais agachados durante horas. Até mesmo uma pessoa saudável acabaria tombando após algum tempo. As pernas do homem começaram a tremer, seus braços começaram a estremecer, mas mesmo assim ele manteve a saudação. Apenas mais tarde, quando os nazistas haviam reiniciado a conferência e todos haviam se esquecido dele, o homem finalmente caiu. Os nazistas correram para surrá-lo, mas ele não sentiu nada. Estava inconsciente. Talvez morto. Eu não sabia. Os guardas o arrastaram dali, e eu nunca mais o vi.

Subitamente, um dos prisioneiros perto da ponta se desgarrou da fila e saiu correndo. Os nazistas o viram imediatamente e alertaram os guardas do portão, mas ele não foi em direção ao portão. Sua corrida vacilante terminou na cerca, onde se jogou em cima do arame farpado de alta voltagem. Seu corpo faiscou e estremeceu nos fios, sangrando pelos cortes causados pelas farpas. Em poucos segundos, já pendia morto, totalmente inerte. Os nazistas tiveram de desligar a cerca elétrica para tirá-lo. Suas roupas estavam chamuscadas, e as partes do corpo que haviam tocado o arame estavam pretas. Não tive coragem de olhar, mas também não consegui desviar os olhos por completo.

Rindo, os alemães atiraram o corpo à nossa frente, para todos verem.

— Mais algum judeu quer se jogar na cerca? — perguntaram. — Vão em frente! Não serão impedidos! Será um prazer nos livrarmos de vocês!

Ninguém aceitou a oferta.

Depois da conferência, finalmente nos puseram para trabalhar. Eu fui enviado para a pedreira novamente. Nunca entendi por que os alemães precisavam de tanto cascalho. Quebrei pedras grandes em pedras médias, pedras médias em pedras pequenas e pedras pequenas em cascalho. *Bam-bam-bam-bam* — a cada golpe meu martelo ficava mais pesado.

Na hora do almoço, eu e meia dúzia dos prisioneiros mais jovens fomos levados pelos nazistas durante nossa parca refeição de pão duro e sopa aguada. Trocamos olhares nervosos entre nós. Chegara a hora? Seríamos alinhados à beira de uma vala e executados? Lutei para controlar meus sentimentos de terror. Eu tinha sobrevivido à marcha da morte e recuperado minhas forças, na medida do possível, apenas para morrer numa vala lamacenta? Eu não queria morrer. Não depois de sobreviver tanto tempo. Não depois de chegar até ali. Observei atentamente o caminho para ver onde estavam nos levando. Se fosse para uma vala, o que seria melhor fazer? Correr? Reagir? Gritar? Ou morrer sem resistir, para que ninguém mais sofresse por minha causa?

Mas os nazistas não nos levaram a uma vala, e sim à cantina dos soldados. Fiquei ainda mais confuso. Eles iam nos alimentar? No refeitório dos soldados?

Não. Era um trote, obviamente. Fazia parte do jogo dos nazistas. E em Sachsenhausen, eles eram particularmente sádicos. Eu e os outros garotos fomos alinhados à frente das mesas dos soldados e instruídos a cantar. Passamos uma hora cantando em coro para diverti-los, com nossas vozes fracas e roucas, enquanto eles riam, conversavam e comiam — e como comiam! Porções enormes de carne, batata e molho, e café preto fumegante. Tentei não olhar a comida para meu estômago não roncar, mas o cheiro bastou para encher minha boca de água. É claro que não iam nos dar nada. Ao final da refeição, mandaram-nos de volta aos nossos barracões, onde não sobrara mais nada para comer.

Naquela tarde, colocaram-me para rachar lenha para os alojamentos dos soldados. *Chop-chop-chop-chop*. Cada golpe de machado significava sobrevivência, eu disse a mim mesmo. *Trabalhe para sobre-*

viver. *Sobreviva até a chegada dos Aliados.* Ali também havia aviões sobrevoando e estrondos de explosões ao longe. Berlim estava sendo atacada. A guerra chegara à Alemanha. Mas será que terminaria antes de os nazistas me matarem?

Na conferência daquela noite, os guardas de Sachsenhausen queriam diversão, então organizaram um torneio de boxe. Escolheram alguns prisioneiros para pugilistas, e o resto foi forçado a assistir.

CAMPO DE CONCENTRAÇÃO DE BERGEN-BELSEN 1945

CAPÍTULO 24

Quando os guardas de Sachsenhausen se cansaram de nós, enviaram-nos de trem para Bergen-Belsen. Viajamos em vagões de gado de novo, e de novo prisioneiros morreram de fome e asfixia pelo caminho. Certa vez, os nazistas jogaram três filões de pão dentro de nosso vagão por um buraco no teto, só para nos ver brigar por comida. Conforme o trem rumava para o norte e os mortos caíam ao chão, sobrava mais espaço para respirar.

O trem chegou a Bergen-Belsen pela manhã, meu sétimo campo de concentração em menos de três anos. Ao nos ver, o comandante do campo começou a gritar com nossos guardas.

— O que vocês me trouxeram? Olhem esses esqueletos! Como esperam que esses mortos-vivos trabalhem?

O comandante passou entre nós, apontando para os prisioneiros.

— Este. Este. Este. Este — disse ele, e os soldados tiraram os homens das fileiras.

Estufei o peito tentando parecer o mais forte e saudável possível, mas o comandante passou reto ao me ver, escolhendo outros prisioneiros.

Meu coração gritou. *Não*! Eu tinha de estar forte o suficiente para trabalhar! Trabalhar era a única maneira de sobreviver!

Depois de escolher 75 prisioneiros de nosso grupo, o comandante ordenou que fossem levados para o outro lado dos trilhos e executados. Foram fuzilados antes que nós, os prisioneiros sobreviventes de olhos arregalados, pudéssemos esboçar qualquer reação. Desviei rapidamente o olhar, incapaz de ver aquilo. O comandante havia escolhido os mais fracos, não os mais fortes. Como ele conseguia diferenciá-los era um mistério para mim. Eu me senti mal por eles, mas no fundo estava contente por não ter sido um dos escolhidos para morrer.

— Levem os outros aos barracões — ordenou o comandante, num tom de desgosto. — Uma semana sem trabalho, até que recuperem as forças.

Não acreditei em meus ouvidos. Uma semana sem trabalho? Que tipo de trote era esse? Vi os outros prisioneiros entreolhando-se, perguntando-se a mesma coisa. Mas não era trote. Fomos levados aos barracões onde nos serviram a sopa mais grossa e nutritiva que eu comera nos últimos seis anos, além de grandes pedaços de pão fresco, direto do forno! Eu estava tão magro e abatido que tive a impressão de que engordaria só com o cheiro. Ali também não havia câmaras de gás nem chaminés iluminando a noite com suas labaredas. Talvez Bergen-Belsen fosse realmente melhor do que os outros campos. Talvez fosse o lugar onde eu pudesse sobreviver até a guerra acabar.

Devorei meu pedaço de pão acompanhado por aquela sopa deliciosa e suculenta. Porém, uma hora mais tarde, aprendi que os nazistas eram cruéis até mesmo na bondade. Todos nós acordamos com cólicas terríveis. Nossos pobres estômagos não estavam acostumados a uma comida tão substanciosa. Passamos a noite disputando os dois barris deixados no barracão. Consegui finalmente cochilar perto do amanhecer, ainda curvado de tanta dor de barriga.

No dia seguinte, trouxeram mais sopa grossa e pão fresco, mas, desta vez, tomei mais cuidado. Lembrei-me de certa vez ter lido, quando morava em Cracóvia, que pão torrado ajudava a normalizar o funcionamento do estômago. Portanto, troquei minha sopa por mais pão e o torrei sobre o fogão a lenha do barracão. Foi duro abrir mão daquela sopa deliciosa, mas o pão desceu melhor e aos poucos recuperei as forças.

Uma semana depois, voltamos ao trabalho, conforme prometido. O serviço era o mesmo de sempre: rachar lenha, quebrar pedras, construir novas edificações para o campo. Um dia, eu estava carregando tábuas para as paredes de um barracão quando um dos nossos novos *Kapos* me chamou. Eu o examinei ao me aproximar: ele tinha um rosto grande e redondo, coberto de cicatrizes de acne.

Sem dizer uma palavra, ele me deu um soco na cara. Meu mundo explodiu. A dor no nariz chegou ao cérebro como um raio, e minha cabeça foi arremessada para trás, como se tivesse sido atingida por uma pá. Eu caí ao chão, com as mãos no rosto.

— Por que você fez isso? — eu gritei. — O que foi que eu fiz?

Eu sabia que não devia dizer nada, mas nem liguei. Estava completamente atordoado. Meu nariz já estava tão inchado que eu mal conseguia respirar.

— Não gostei de como você me olhou — disse o *Kapo*.

Com os olhos brilhando de satisfação, ele mandou que eu me levantasse e voltasse ao trabalho.

Minha cabeça latejava. Era difícil ficar em pé. Manchas de sangue vermelho-escuro cobriam meu uniforme listrado de azul e cinza. Delicada e suavemente — já que ainda doía muito —, levei a manga da blusa às narinas para tentar estancar o sangue. Torci para que não tivesse quebrado o nariz. Se tivesse, não poderia fazer nada a respeito. Retornei para onde havia largado as tábuas, tentando sufocar minhas lágrimas.

— Lua Cheia — disse um dos outros prisioneiros ao se aproximar.

— O quê? — perguntei.

— Lua Cheia. É assim que o chamamos.

Acenou com a cabeça na direção do *Kapo* grande de rosto redondo que havia me socado.

— Dizem que ele matou três homens antes da guerra. Os alemães o prenderam, mas deram a ele o posto de *Kapo*. Temos assassinos como guardas.

Eu já sabia que nossos guardas tinham se tornado assassinos, mas não que alguns deles haviam sido condenados por homicídio antes da guerra. Tentei me manter bem longe de Lua Cheia depois disso, mas sempre acabava realizando algum trabalho perto dele. Além disso, ele passou a reparar em mim e logo virei seu alvo predileto. Sempre que podia, ele me chutava, batia ou surrava.

Não fosse o Lua Cheia, Bergen-Belsen poderia ter sido o lugar ideal para eu sobreviver até o fim da guerra. Mas eu tinha de me livrar dele. Quando eu soube que os nazistas estavam reunindo trabalhadores para serem enviados a outro campo, fiz questão de estar na primeira fileira. Mas eles não queriam voluntários. Eles já tinham concebido seu próprio método de seleção.

— Apenas os prisioneiros mais fortes e saudáveis serão transferidos — anunciou um dos nazistas. — Faremos uma corrida para selecionar os mais aptos.

Mais jogos. Cada um de nós tinha de tirar a roupa, enrolá-la numa trouxa e correr de uma ponta do barracão à outra. Os nazistas divertiam-se nos observando tropeçar em meio ao labirinto de beliches. Quando chegou minha vez, tirei o uniforme e fiquei surpreso em ver, mais uma vez, o quanto estava magro. Mesmo depois de uma semana descansando e comendo melhor, meus braços e pernas ainda pareciam palitos.

— Você! — berrou um nazista para mim. — Corra!

Corri o mais rápido possível. Eu tinha de vencer essa corrida. Eu tinha de sair de Bergen-Belsen. Eu tinha de me livrar de Lua Cheia! Eu estava correndo pela minha sobrevivência. Dei a volta tropeçando em uma cama, machuquei gravemente a coxa ao bater em outra, mas mesmo assim saí voando pela porta na outra ponta do barracão, mais rápido do que alguns dos outros prisioneiros. Ao sair, eu só queria desabar no chão até que meus pulmões parassem de arder e minhas pernas parassem de tremer, mas eu sabia que os nazistas não me escolheriam se o fizesse. Em vez disso, fiz um esforço para ficar em pé e parecer relaxado, como se acabasse de chegar de um passeio no parque.

— Ele está apto para o trabalho — disse um dos guardas.

Vesti lentamente o uniforme, inclinando meu corpo raquítico para que não percebessem minha falta de ar. Avistei Lua Cheia lá fora no pátio, empurrando um prisioneiro ao chão para depois chutá-lo.

Outro vagão de gado me aguardava, assim como outro campo. Mas ao menos eu me livrara de Lua Cheia de uma vez por todas.

CAMPO DE CONCENTRAÇÃO DE BUCHENWALD 1945

CAPÍTULO 25

Campo de Concentração de Buchenwald. As expressões dos prisioneiros que estavam lá já me disseram tudo o que eu precisava saber. Apavorados. Olhos arregalados. E não só durante a conferência ou quando um *Kapo* passava por perto. Tinham essa expressão o tempo todo, como se a morte pudesse pegá-los a qualquer momento. E, em Buchenwald, como eu logo aprenderia, a morte vinha em várias formas.

Depois de nossa primeira conferência, fui enviado à pedreira. Em vez de quebrar pedras, ordenaram que eu as carregasse para o topo de um morro alto. Eu tinha de levar as pedras grandes nas costas, segurando-as por trás. Se você pegasse uma pedra grande demais e não aguentasse carregá-la, os nazistas o matavam por largá-la. Se você pegasse uma pedra muito pequena, eles o matavam por ser preguiçoso. Os prisioneiros competiam entre si para pegar as pedras de tamanho certo. Mais um trote sutil dos nazistas.

Alguns dos prisioneiros puxavam carroças em vez de levar pedras nas costas, mas esse também não era um trabalho recomendável. Os judeus eram acorrentados às carroças feito parelhas de cavalos e chicoteados como animais. Acontece que esses bichos também eram obrigados a cantar. Os alemães os chamavam de "cavalos cantores". Tinham de cantarolar uma melodia enquanto puxavam enormes carregamentos de pedras morro acima. Eu já fizera parte de um coro de prisioneiros em Sachsenhausen. Fiquei feliz em não ter de fazer o mesmo atrelado a uma carroça.

Foi apenas na segunda conferência do dia que eu reparei no zoológico de Buchenwald.

Eu vira a área cercada na primeira conferência, mas não os animais. Havia veados, macacos e até mesmo ursos — ursos! — bem ali no meio do campo de concentração.

Eu soube depois que o zoológico fora ideia do comandante do campo, Karl Koch, e de sua esposa, Ilse. O comandante mandara construí-lo para entreter os guardas do campo e suas famílias. Nós, prisioneiros famintos, com nossos ombros curvados, rostos afundados e roupas imundas e desproporcionais, ficávamos em posição de sentido enquanto crianças saudáveis e bem nutridas e suas mães vinham ver os animais. As menininhas usavam vestidos bonitos, sapatos pretos lustrosos e fitas no cabelo. Os menininhos vestiam bermudas, casaco e boné, assim como eu, antes de tudo isso. Às vezes, chupavam pirulitos e nos observavam da mesma forma que observavam os animais. O que aquelas criancinhas alemãs estariam pensando? Elas nos viam como animais ou como pessoas? Eu já nem sabia mais.

Os ursos do zoológico eram mais bem alimentados do que os prisioneiros. Observávamos durante a conferência os bifes grandes e sangrentos que eles recebiam. Eu tinha tanta fome que seria capaz de lutar com um dos ursos por aquela carne e a devorar crua — não só o bife mas o urso *também*. Um dia, os nazistas deram essa chance a dois prisioneiros. Jogaram um pedaço de carne crua na lama e mandaram dois homens brigar por ela. Os oficiais da SS riam e batiam nos judeus com seus cassetetes enquanto eles lutavam na lama pelo jantar. Os animais do zoológico nunca eram tratados tão mal.

O comandante do campo era um homem brutal, mas sua esposa era pior. Era chamada pelos prisioneiros de a Bruxa de Buchenwald ou a Besta de Buchenwald. Assim como com Amon Göth anos antes — *anos* antes! —, fiz o possível para me manter longe de *Herr* e *Frau* Koch.

Certo dia, na conferência, a Bruxa de Buchenwald caminhou entre as fileiras de prisioneiros ao lado de um dos guardas da SS. Quando chegou a mim, checou o número tatuado em meu braço e passou para o próximo prisioneiro. Ela leu o número tatuado no braço dele e conferiu a lista na prancheta que o soldado carregava.

— Você — ela disse ao prisioneiro. — Eu soube que você tem outra tatuagem.

O prisioneiro concordou com a cabeça nervosamente.

— Mostre-a — ordenou Ilse Koch.

O homem puxou a manga que cobria o braço magro e ossudo, revelando uma tatuagem descolorida de uma meia-lua.

— Sim — disse a bruxa. — Muito bonita. Anote o nome dele — ela disse ao soldado, que fez uma marcação na prancheta.

Quando se foram, ouvi o homem ao meu lado soluçar, como se estivesse tentando abafar o choro. Que diferença fazia se ele tinha uma tatuagem ou não? Por que isso chamara a atenção da Bruxa de Buchenwald? As mesmas perguntas deviam passar pela cabeça dele. Só uma coisa importava: ele estava na lista da Bruxa. Ele chamara a atenção. E sobreviver significava nunca ser notado pelos nazistas. Depois da conferência, nunca mais vi o homem com outra tatuagem.

Certa vez, eu estava me lavando na bomba de água do campo, como parte de minha rotina diária, quando vi dois oficiais da SS atraindo um cervo do zoológico até a cerca de seu recinto. Era um animal vistoso, com uma galhada alta e larga. Enquanto ele beliscava a comida oferecida por um dos oficiais, o outro amarrou seus chifres à cerca com uma correia de couro. O cervo só percebeu que estava amarrado quando tentou se afastar. Ele bufou, debateu-se e sacudiu a cabeça de um lado para o outro, tentando se soltar, mas estava preso. Os oficiais da SS riram e o provocaram e depois foram embora, deixando-o amarrado à cerca.

Eu já presenciara os nazistas fazendo coisas terríveis. Atos desumanos, inacreditavelmente cruéis, em relação aos quais eu já estava ficando anestesiado. Mas meu sangue ferveu ao ver aquele cervo se debatendo, tentando desesperadamente se soltar da cerca. Tive vontade de correr até lá e desamarrá-lo, libertá-lo, mas eu não podia. Havia soldados alemães demais por perto. Se me vissem perto do zoológico, eu seria morto.

Então, dei as costas para ele. Deixei o cervo amarrado à cerca. Por mais que eu quisesse ajudá-lo, tinha de pensar em mim mesmo.

Na conferência da noite, os dois oficiais da SS que haviam amarrado o cervo foram convocados pelo comandante. Seu ato havia chegado aos ouvidos de Koch, e este os repreendeu severamente em alemão. Perderam o direito de frequentar o zoológico e foram proibidos de assistir aos filmes no cinema do campo durante três meses.

Os nazistas toleravam crueldade com prisioneiros. Mas nunca com animais.

Alguns dias mais tarde, fomos informados na conferência de que seríamos novamente transferidos. Gross-Rosen precisava de trabalhadores e não havia mais novos carregamentos de prisioneiros vindos do interior. Dali em diante, os prisioneiros seriam redistribuídos de acordo com as necessidades de cada campo.

Os nazistas haviam matado tantos judeus que estávamos em falta.

CAMPO DE CONCENTRAÇÃO DE GROSS-ROSEN

1945

CAPÍTULO 26

Fomos transportados de trem, novamente em vagões abarrotados. Estávamos tão apertados que não podíamos nos mover. Ficamos sem comida e água durante a viagem toda. Assim como antes, vários prisioneiros morreram à minha volta, mas eu praticamente nem reparava mais. Convivera durante tanto tempo com a morte, vira tantos homens morrerem diante de meus olhos, vivera com tantos cadáveres à minha volta, empilhados, amontoados e esparramados feito lenha humana, que quase nem me importava mais. Quase. Fechei os olhos, tentando não ver a morte à minha volta, mas eu sabia que ela estava ali. O sono era meu único abrigo do horror, da sede e da inanição, então foi lá que me refugiei, cochilando levemente à medida que o trem chacoalhava e rangia a caminho do novo campo.

Há tempos, eu já perdera a esperança de que cada campo novo fosse melhor que o anterior. Nenhum era melhor nem pior que os outros. Eram como salas diferentes do purgatório: diferentes, mas ao mesmo tempo iguais, e os nazistas tornavam tudo ainda mais absurdo nos remanejando de um campo para outro, como se fizesse alguma diferença.

Aviões voavam tão baixo que seu vácuo sacudia o trem e podíamos ouvir as rajadas de balas. Sentimos a onda de calor de uma bomba que explodiu perto dos trilhos. O trem parou e me veio à mente a imagem de uma bomba caindo bem em cima de nós, matando todos. E, por um breve momento, desejei que caísse, assim como Fred o desejara havia tanto tempo. Qualquer coisa, qualquer coisa que me livrasse daquele pesadelo.

Mas os aviões se foram, as bombas pararam de cair e o trem se pôs em marcha novamente. Eu não saberia dizer se estava mais decepcionado ou aliviado.

Quando a porta do vagão finalmente se abriu diante de Gross-Rosen, nosso novo campo de concentração, corpos caíram para fora do trem. Deixamos ainda mais corpos para trás, dentro dos vagões. Aqueles que haviam sobrevivido à viagem, que haviam sobrevivido a um campo após o outro, se arrastaram para dentro de Gross-Rosen sem medo nem expectativa. Nada que os nazistas fizessem poderia nos surpreender.

Uma vez distribuídos nos barracões, fomos diretamente para a cama. Eu caí num estado profundo de estupor. Pela manhã, colocaram-nos imediatamente para trabalhar. Ao contrário de Bergen-Belsen, não tivemos tempo para nos recuperarmos da torturante viagem.

No trem, eu desejara que uma bomba caísse sobre nós para acabar com meu sofrimento. Mas, agora que estava novamente num campo, naquela mesma rotina horrível, meu velho instinto de sobrevivência retornou. Se isso era um jogo, eu também ia jogar; os nazistas tentariam me matar, lentamente, aleatoriamente, provocativamente, e eu resistiria. Eu trabalharia. Eu sobreviveria. Se os nazistas iam fazer o jogo deles, eu ia fazer o meu.

Os alemães precisavam de mais trabalhadores em Gross-Rosen para o esforço de guerra. Ainda acreditavam que poderiam vencer os Aliados, apesar das notícias de que os russos haviam tomado Varsóvia e de que Dresden estava em chamas.

— A qualquer dia agora, os Aliados chegarão a Berlim e seremos libertados — os prisioneiros cochichavam entre si.

Mas não hoje.

Hoje construímos mais barracões. Conforme trabalhávamos, eu disse a mim mesmo que haveria outro mundo depois deste. Um futuro esplêndido, brilhante, iluminado, em que eu comeria três refeições por dia e não teria de trabalhar até desmaiar. Em que eu teria amigos novamente. Em que eu poderia ter uma família novamente. Em que eu poderia rir novamente. Tal mundo existia, eu sabia. Ainda não estava ao meu alcance, mas logo estaria. Se eu sobrevivesse.

Então eu trabalhei. Não tão duro a ponto de me matar nem tão pouco a ponto de ser punido, assim como Moshe havia me ensinado há muito tempo. Abaixei a cabeça e trabalhei dia e noite, noite e dia. Trabalhei para viver.

— Você aí — um *Kapo* me chamou certo dia.

Ele me deteve com a ponta do cassetete, cutucando meu peito. Pela primeira vez em dias, talvez semanas, eu ergui a cabeça e olhei para ele.

— Onde está seu botão? — ele me perguntou.

Pisquei, surpreso. Não fazia ideia do que ele estava falando. Mecanicamente, olhei para baixo para examinar minha camisa suja e esfarrapada. Faltava o botão de cima. Eu nem havia reparado.

— Não sei — respondi.

Minha voz rouca e grasnada me surpreendeu. Eu não falava com ninguém havia dias. Molhei os lábios e tentei novamente.

— Devo ter perdido.

— Você sabe qual é a pena por perder um botão, não sabe? — indagou o *Kapo*. — Vinte chicotadas.

Vinte chicotadas. Eu seria açoitado pelo "crime" de perder um botão. Fechei os olhos. Estava cansado demais para chorar, exausto demais até para me zangar.

Na conferência, fui tirado das fileiras e conduzido a um "cavalo" de madeira — um tronco sem casca polido, sustentado por quatro pés —, sobre o qual fui deitado com as costas nuas para cima.

— Conte em voz alta — disse-me o nazista que segurava o chicote.

Pleft! Minhas costas explodiram de dor logo na primeira chibatada. Meu corpo estremeceu e quase caí do tronco, mas me segurei a tempo. Se eu caísse, a punição seria ainda pior.

— *Jeden* — contei a primeira chicotada em polonês.

— Em alemão! — exclamou o soldado. — Começaremos de novo.

Pleft! Fechei os olhos para suportar a dor. Como poderia sobreviver a vinte chicotadas se apenas duas já me infligiram a pior dor que sentira na vida?

— *Eins* — eu disse.

Pleft!

— Zwei.

Pleft!

— Drei.

Pleft!

— Vier.

Pleft!

— Fünf.

Pleft!

— ... Sechs.

Pleft!

— ... Sieben.

Pleft!

— ... Acht.

Pleft!

— ... ... Neun.

Pleft!

— ... ... Zehn.

Pleft!

— ... ... Einzehn?

— Tsc-tsc-tsc — fez o soldado, em desaprovação. — Não, não, não. É elf. Não ensinaram nada a você em suas escolas judias antes da guerra? Eu vou ensinar. Vamos recomeçar.

Lembro-me de muito pouco do que aconteceu após a punição. Nem ao menos sei quantas chicotadas acabei levando. Com certeza foram mais de vinte. Quando terminou, fui arrastado para o barracão e jogado em uma das prateleiras, onde desmaiei.

Naquela noite, sonhei que estava em uma linda campina verde. Flores do campo amarelas cresciam em volta, tão altas que balançavam na leve brisa de verão. Um riacho borbulhava alegremente ao longe, atrás do qual uma enorme árvore espalhava seus longos galhos. Eu estava sentado na relva ouvindo uma cigarra que cantava por perto, totalmente em paz com o mundo.

Subitamente, surgiu uma nuvem escura no horizonte. Relâmpagos faiscaram e trovões rolaram sobre as colinas. "Não", eu disse, temendo que minha tarde perfeita fosse arruinada. Mas a tempestade se aproximou mais e mais.

Um raio riscou o céu perto de mim e — *cabum!* — o trovão me derrubou. A terra tremeu aos meus pés. O solo rachou e se abriu. Tentei me segurar em algo para impedir a queda, mas minhas mãos só agarraram o ar. Caí em um abismo escuro e profundo, com paredes cobertas de raízes de árvores e pedras, que me atingiam conforme eu caía.

Pam! Pam! Pam! Pam! Pam! Contei os choques em alemão durante a queda: *eins, zwei, drei, vier, fünf...*

Bum!

Algo explodiu perto dos barracões, despertando-me de meu sonho. Apoiei-me sobre os cotovelos (tinha dormido de bruços, pois minhas costas estavam em carne viva). O beliche estava apinhado de prisioneiros; a conferência terminara havia um bom tempo e já era tarde da noite.

Bum!

Outra bomba caiu perto do campo, estremecendo o barracão. Todos os prisioneiros acordaram. Ficamos em total silêncio, observando o teto para ver se alguma bomba cairia sobre nós, matando todos. Mas não. As bombas continuaram caindo a noite inteira e logo voltamos a dormir. O risco de sermos bombardeados não era motivo para ficarmos acordados. Não quando era preciso trabalhar no dia seguinte.

Deitado de bruços, ainda agonizando com a dor nas costas ensanguentadas, lembrei-me de meu sonho. Prometi a mim mesmo que sairia daquele buraco antes de chegar ao fundo. Os Aliados estavam se aproximando, e eu estaria lá para recebê-los quando chegassem.

MARCHA DA MORTE

1945

CAPÍTULO 27

Mais uma vez seríamos transferidos, agora de Gross-Rosen para um campo chamado Dachau. E teríamos de andar novamente.

Já era o final do inverno, quase primavera, mas o chão ainda estava congelado e a neve não havia derretido. Meus tamancos de madeira eram totalmente inadequados para caminhar sobre gelo ou neve, mas ainda eram melhores do que não ter calçado nenhum, caso dos prisioneiros que haviam perdido os seus ou dos que nunca os tiveram. Para sobreviver, era preciso manter os pés em bom estado, especialmente durante as marchas.

As margens da estrada estavam atulhadas de cadáveres de judeus de marchas anteriores. Azuis e congelados, amontoados nas valetas ao longo da via para não atrapalhar o trânsito de veículos. Os mortos eram uma advertência constante para não ficarmos para trás.

Ao passar por aqueles corpos congelados, perguntei-me quem mais usava aquela estrada. Com certeza não era usada apenas pelo exército alemão. Quem eram essas pessoas que, a caminho do trabalho, passavam diariamente pelos corpos dos judeus atirados nas valetas? Como era possível não perceberem o que estava acontecendo? Como podiam se conformar?

Nosso caminho passava por vilas e subúrbios. Pequenas casas com venezianas coloridas e guirlandas nas portas margeavam as estradas. Luzes elétricas iluminavam as janelas, e às vezes avistávamos uma família reunida na sala para ouvir rádio, ou lavando louça na cozinha. De vez em quando, havia uma bandeira nazista pendurada na porta, uma suástica preta dentro de um círculo branco sobre um fundo vermelho vivo. Era o suficiente para abaixarmos a cabeça e passarmos em silêncio.

A rota entre Gross-Rosen e Dachau, ao norte de Munique, penetrava na Tchecoslováquia e depois retornava à Alemanha. Agora estávamos passando por lares tchecos. A Tchecoslováquia fora um dos primeiros países a cair no início da guerra e ainda estava sob domínio do *Führer*; o país fora conquistado, mas nem por isso a população gostava dos alemães. Pelo contrário, os tchecos odiavam seus senhores nazistas. O comportamento de nossos guardas mudou quando cruzamos a fronteira com a Tchecoslováquia. Continuaram marchando como se fossem os donos do lugar, mas ficaram bem mais cautelosos, observando as portas e cruzamentos, atentos a qualquer sinal de distúrbio. Ali não havia bandeiras com suásticas para saudá-los.

Nenhum revolucionário tcheco saltou de trás dos arbustos para nos libertar, mas a população usava outros métodos de resistência, menos violentos. Em um vilarejo, havia um pedaço de pão no peitoril de uma janela. Pão! Um dos prisioneiros o viu e correu para pegá-lo. Outros o acompanharam, e o pão sumiu antes que os nazistas pudessem adverti-los. Eu vi uma baguete na soleira de outra casa, mas desapareceu rapidamente antes que eu pudesse pegá-la, devorada por prisioneiros famintos. Em cada vila tcheca por onde passamos, havia um pouco de comida do lado de fora das casas. Não o suficiente para todos nós nem mesmo o suficiente para os que tiveram sorte de comer um pouco, mas já era alguma coisa.

Mais para o interior da Tchecoslováquia, alguns residentes se debruçavam nas janelas e nos atiravam o que tinham — pedaços de pão, maçãs meio comidas, batatas cruas. Os tchecos não podiam dispor de muito; afinal, havia uma guerra em curso e era difícil obter alimentos. Mas sua generosidade, que desafiava os soldados nazistas e suas armas, aqueceu meu coração. É fácil pensar o pior da humanidade quando se vivencia apenas brutalidade e egoísmo. Aquelas pessoas me mostraram que ainda existia bondade no mundo, mesmo que eu raramente a visse.

Os *Kapos* pegavam o máximo possível de comida para si, mas uma pequena parte chegava às mãos e bocas dos prisioneiros. Isso enfurecia os oficiais da SS, mas eles ralhavam com os tchecos, não conosco.

— Não veem que estão ajudando traidores da pátria? — gritavam.

Mas os tchecos não davam atenção. A Alemanha não era a pátria deles, e de que maneira nós judeus éramos traidores? O que fizéramos além de existir?

Após mais três dias de marcha, eu ainda não tivera a sorte de obter comida dos bondosos tchecos. Eu estava faminto e sabia que morreria de fome antes que o frio acabasse comigo. Já sentia dificuldade de me manter à frente dos prisioneiros na retaguarda da coluna. Se ficasse mais um pouco para trás, acabaria fazendo companhia aos judeus congelados à beira da estrada, com uma bala na testa.

Havia um *Kapo* à minha frente com um saco de pano pendurado sobre o ombro, dentro do qual havia quatro baguetes grandes de pão tcheco. Fiquei encarando aquele pão, imaginando o banquete que daria. Quatro baguetes! O pão estragaria antes que o *Kapo* pudesse comer tudo. Os *Kapos* eram mais saudáveis e mais bem alimentados do que nós, mas não tanto quanto os nazistas. Seria impossível para ele comer todo aquele pão sem passar mal. E se eu o convencesse a me dar um pouco? Nem todos os *Kapos* eram monstros.

Com o pouco de força que ainda me restava, aproximei-me dele. Eu não podia falar com ele ali na estrada. Havia *Kapos* demais à nossa volta. Mas talvez, se eu ficasse perto, se eu o fizesse me ver como um ser humano, como os tchecos nos viam, talvez à noite, quando eu pedisse um pouco de seu pão, ele tivesse pena de mim.

Eu me emparelhei com o *Kapo*, e levei um susto ao ver seu rosto.

Era Lua Cheia.

Lua Cheia, o *Kapo* de Bergen-Belsen que me batia sempre que tinha chance. De algum modo, fora transferido para Gross-Rosen e marchava para Dachau conosco.

Lua Cheia virou-se, mas recuei rapidamente, antes que pudesse me ver. Que tremendo azar! Tive vontade de chorar de novo. Tanto pão, muito mais do que o necessário para uma pessoa, tudo nas mãos de Lua Cheia! Ele nunca me daria um pouco, nem a mim nem a ninguém. Ele era cruel demais.

Mas não consegui tirar os olhos do saco de pão enquanto caminhava penosamente. Se eu não conseguisse comida até o fim do dia, ia morrer. Meus braços tremiam descontroladamente, e as folhas verdes pontudas e as frutinhas vermelhas tóxicas dos azevinhos que cresciam à beira da estrada de repente pareceram apetitosas. Eu acabaria comendo frutas venenosas e casca de árvore se não conseguisse um pouco daquele pão até o anoitecer.

Encorajado pela fome, alcancei Lua Cheia novamente. Que mal pior do que a fome e o frio ele poderia me causar? Caminhei bem ao seu lado, até que ele olhou para baixo e me viu. Eu sorri, tentando induzi-lo a se lembrar de mim como um dos melhores trabalhadores de Bergen-Belsen, e não como o garoto que ele costumava socar no rosto. Lua Cheia franziu a testa, como se estivesse tentando lembrar quem eu era, e em seguida me ignorou.

Fiz todo o possível para chamar sua atenção sem falar com ele. Cruzei sua frente várias vezes, de um lado para o outro. Caminhei bem ao seu lado, na esquerda e na direita, na mesma passada que ele. Quando ele apertava o passo, eu apertava também, embora meus pés doloridos e congelados e minhas pernas fracas quisessem desistir. Eu não os deixei desistir. Ainda não.

Naquela noite, paramos em um campo aberto. Observei Lua Cheia se afastar dos outros *Kapos*. Talvez também não quisesse compartilhar o pão com eles. Ele abriu o saco e tirou uma das baguetes. Eu me aproximei lentamente. Olhei em volta para ter certeza de que nenhum dos outros *Kapos* estava olhando. Se me vissem, se ouvissem o que eu estava prestes a dizer, Lua Cheia me surraria até a morte. Seria obrigado a fazê-lo, ou perderia o respeito. Mas estava tão afastado dos outros *Kapos* que eles nem me viram. As únicas pessoas por perto eram esqueletos ambulantes e mudos: meus colegas prisioneiros.

Eu fiquei em pé ao seu lado. Lua Cheia olhou para cima e me encarou com o rosto redondo, coberto de cicatrizes e buracos. Hesitei. Esse era o rosto que eu tanto evitara em Bergen-Belsen, o rosto que me fizera fugir para Gross-Rosen. Lua Cheia provavelmente me mataria pelo que eu estava prestes a lhe pedir. Mas eu não tinha escolha. Limpei a garganta e falei pela primeira vez em vários dias:

— Você se lembra de mim? — grasnei.

Lua Cheia grunhiu e arrancou um pedaço de pão com os dentes.

— Se você se lembra — eu disse, minha voz embargada —, então sabe que sou um bom trabalhador.

Os outros prisioneiros deitados no chão à nossa volta me olharam com os olhos arregalados. Deviam estar pensando o mesmo que eu: Lua Cheia me mataria só por falar com ele. Continuei antes que a coragem me abandonasse totalmente.

— Eu... Eu quero trabalhar, mas não suportarei outro dia de marcha sem um pouco de pão. Não como nada há três dias e eu pensei... pensei que talvez você pudesse me dar um pedaço.

Lua Cheia encarou-me, mastigando o pão feito uma vaca ruminando capim.

— Eu... Eu gostaria de poder trabalhar — disse a ele. — Mas não posso trabalhar sem comer.

Lua Cheia pôs o pão de lado e tirou uma faca. Levantou-se e a encostou em meu pescoço. Tentei não me mexer, mesmo sentindo a lâmina cortando minha pele e o sangue escorrendo por meu pescoço. Os prisioneiros em volta pareciam ter prendido a respiração, esperando minha morte. Ou talvez fosse eu que tivesse prendido a respiração. Não sabia dizer. Só me restava ficar ali imóvel, tentando demonstrar o máximo de coragem possível e esperando Lua Cheia decidir minha sorte.

Ele manteve a faca contra meu pescoço, fixando-me nos olhos. Eu o fitei de volta, mostrando o quanto eu era forte, mostrando que eu não tinha medo de morrer. Nenhum de nós piscou. Mais um longo minuto se passou. Se ia me matar, então que o fizesse logo. Tive vontade de gritar de tanta tensão!

Finalmente ele afastou a faca de meu pescoço; eu voltei a respirar. Para meu espanto, e de todos os prisioneiros que nos observavam, ele cortou um naco do pão com a faca e o atirou para mim. Os prisioneiros em volta murmuraram surpresos, mas Lua Cheia os calou com um olhar feroz. Eu acenei com a cabeça para agradecer ao *Kapo* grande e feio e me afastei rapidamente, antes que ele mudasse de ideia e me matasse.

Com o coração disparado, achei um lugar para me sentar e comer. Rasguei um pequeno pedaço do pão com meus dedos trêmulos e o levei aos meus lábios rachados. Eu nunca provara pão tão delicioso quanto aquele. Minha vontade era comer tudo ali mesmo, mas não havia como saber quanto tempo restava de marcha. Eu tinha de economizar o máximo possível.

Por algum motivo, naquele breve momento, Lua Cheia encontrou um pouco de generosidade em seu coração. Mas foi apenas naquele breve momento.

CAPÍTULO 28

Marchamos por mais três dias antes de cruzar novamente a fronteira. A população tcheca continuou nos ajudando pelo caminho, mas, assim que retornamos à Alemanha, encontramos novamente as portas fechadas e as persianas abaixadas nos vilarejos. Os alemães não queriam nos ver para não ter de pensar em nós. Mas não conseguiriam ignorar os corpos que íamos deixando pelas valas.

Economizei o máximo de pão possível, mas não teria condições de marchar outros três dias. Nem os outros prisioneiros, a julgar pelo aspecto deplorável da coluna. A que distância estava Dachau? Quanto tempo mais levaríamos para chegar? Algum de nós chegaria lá vivo?

Os nazistas deviam estar pensando a mesma coisa. Na tarde do sexto dia, chegamos a uma pequena estação onde um trem nos aguardava. Os *Kapos* nos dividiram — judeus em um vagão, poloneses em outro. Os nazistas carregaram um terceiro vagão com caixotes de madeira.

— Nossa documentação — disse-me um dos prisioneiros. — Os monstros sempre a enviam junto conosco. Gostam de manter registros atualizados sobre quem matam e como.

Parecia ser uma preocupação exagerada em se tratando de "traidores da pátria".

A aglomeração e a má higiene no vagão de gado eram as mesmas de sempre, e não havia água nem comida. Ao menos não precisávamos mais andar, o que não deixava de ser uma bênção.

Um dia e uma noite se passaram. Eu cochilei levemente, balançando sobre meus pés doloridos, até ser despertado pelo som de uma explosão. *Cabum!* Foi tão próxima que o vagão chacoalhou. Aviões nos sobrevoavam. Russos? Americanos? Britânicos? Eu não fazia ideia, mas quem quer que fosse lançava bombas por toda a parte. *Bum. Bum. Cabum!* A última caiu tão perto que fomos lançados para a frente. Os freios chiaram, o trem parou com um tranco e todos tentaram olhar pelas frestas para ver o que estava acontecendo. Logo veio a notícia do vagão polonês atrás de nós: o último vagão fora atingido por uma bomba. Ninguém se ferira, mas o vagão com nossa documentação fora destruído.

— Rá — riu alguém, sem muita convicção. — Como os hitleristas saberão agora quem estão matando?

— Fácil — disse outro prisioneiro. — Eles puseram todos os judeus neste vagão e todos os poloneses no outro. Quando chegarmos a Dachau, simplesmente nos mandarão à câmara de gás e colocarão os outros para trabalhar.

Ele provavelmente tinha razão. Eles não sabiam mais nossos nomes, mas ainda tínhamos estrelas judias em nossos uniformes, por mais rasgados e rotos que estivessem, e estávamos todos no vagão dos judeus. Contanto que nos mantivessem juntos, podiam nos tocar diretamente para as câmaras de gás.

Isso me deu uma ideia.

Achei a estrela judia em minha camisa; estava suja e despedaçada. Usando minha experiência na alfaiataria, mordi as costuras que ainda a prendiam à camisa até conseguir arrancá-la.

— Você será morto por isso — disse um homem ao meu lado que me observava.

— Ele também será morto por usá-la — contrapôs outro homem.

Não dei atenção. Eu tinha um plano. O local onde a estrela fora costurada estava mais limpo e conservado do que o resto da camisa, e o contorno da estrela ainda estava visível. Isso com certeza me denunciaria! Tirei a camisa e a esfreguei no chão com o pé. Quando a peguei de novo, estava totalmente suja, incluindo o local onde havia a estrela. Ótimo. Ao menos eu estava vestido de acordo.

Quando o trem finalmente parou diante do campo de Dachau, mandaram-nos descer dos vagões de gado. Judeus e poloneses ficaram lado a lado, e passei despercebido de um grupo para o outro. Se os nazistas haviam perdido nossos registros, só saberiam que eu era judeu se estivesse com os judeus!

Um dos poloneses me viu trocar de lado e franziu a testa, contrariado. Enfiei-me bem no centro do grupo e esperei, com o coração batendo forte. Se fosse pego, seria executado. Lembrei-me de que, em Cracóvia, as pessoas às vezes me tomavam por um gentio. Torci para que conseguisse enganar os nazistas.

Os oficiais da SS nos enfileiraram e nos mandaram declarar o nome e o número.

— Prisioneiro B-3087 — eu disse. — Meu nome é Yan Zielony.

Zielony significava "verde" em polonês. Meu verdadeiro sobrenome, *Gruener*, significava "mais verde" em alemão. *Zielony* soava mais polonês e era fácil de lembrar.

O nazista anotou meu nome e número, acenando para mim com a cabeça. Eu conseguira! Eu não era mais judeu para os nazistas. Eu ia sobreviver!

— Esse rapaz é judeu — disse alguém.

Era o homem que me vira mudar de lado! Ele apontou para mim.

— Ele veio para cá do outro vagão quando chegamos.

Meu rosto ficou branco. Um *Kapo* me agarrou e ergueu o cassetete para me bater.

— Esperem! — eu gritei. — Eu nasci judeu, mas nunca fui praticante! — menti. — Nunca entrei em uma sinagoga! Todos os meus amigos eram poloneses! Poloneses cristãos! Eu ia à igreja com eles! Não sou judeu!

— Se você nasceu judeu, é judeu — disse o oficial da SS. Ele riscou meu nome da lista. — Levem-no para junto dos outros, onde pertence.

O *Kapo* empurrou-me de volta ao grupo dos judeus, que me observavam. Ninguém disse uma palavra, nem mesmo os homens que me viram arrancar a estrela de davi. Uma vez de volta, olhei na direção do polonês que me entregara. Ele manteve o rosto no chão, sem me encarar. Por que fizera isso? Que diferença fazia? Ele não teria comido menos nem dormido numa cama pior por minha causa. Eu não era nada para ele nem ele para mim. E, no entanto, havia me denunciado, mesmo sem ter nada a ganhar com isso. Ele me denunciara simplesmente porque eu era judeu.

Antes de entrarmos em Dachau, os nazistas anotaram nossos nomes e números e fizeram novas fichas para substituir as que haviam sido destruídas. Precisariam delas para manter um registro de como nos matavam.

CAMPO DE CONCENTRAÇÃO DE DACHAU

1945

CAPÍTULO 29

Um dia depois que cheguei a Dachau, o homem que dormia ao meu lado no beliche pegou a febre do campo. "Febre do campo" era como todos chamavam o tifo que se espalhava feito fogo entre os prisioneiros. Começava com dor de cabeça e febre, seguidos por tosse. Meu companheiro de beliche desenvolveu manchas no peito e logo estava delirando tanto que não conseguia falar nem entender uma palavra minha. Os nazistas não fizeram nada por ele nem pelos outros prisioneiros que pegaram tifo. O homem do meu beliche morreu três dias depois, tossindo sangue. Centenas de prisioneiros enfermos morriam a cada dia.

Eu sempre tentava achar um lugar para dormir longe dos doentes, mas era quase impossível. Havia mais de 1,5 mil prisioneiros amontoados em barracões feitos para abrigar 250. Do jeito que dormíamos, empilhados uns em cima dos outros, era de se esperar que todos pegassem tifo em uma semana. A cada dia eu acordava esperando estar mal. Deitar à noite sem ter contraído a doença parecia um milagre.

Ao menos os nazistas não esperavam que os doentes trabalhassem. Ninguém era forçado a trabalhar em Dachau. Antigamente, os prisioneiros dali trabalhavam como em todos os campos, mas não mais. Reinava o caos. Em certos dias, sequer havia conferência. A guerra estava chegando ao fim; todos nós tínhamos consciência disso, inclusive os nazistas. Os alemães nos deslocavam continuamente para evitar o iminente ataque aliado, conforme imagináramos. Ainda assim, as chaminés ardiam dia e noite, noite e dia.

Certa noite, no começo da primavera, acordamos com o barulho de explosões tão próximas que eram ensurdecedoras. Um edifício do campo explodiu, fazendo nosso barracão tremer, e eu enterrei a cabeça nas mãos, como todos os prisioneiros à minha volta. Não havia para onde fugir, onde se esconder. A guerra chegara a Dachau. A qualquer momento uma bomba ou outro projétil poderia cair em nosso barracão, matando todos. Tantas vezes eu desejara que caísse uma bomba sobre mim, para pôr fim ao meu sofrimento, mas naquele momento eu rezava para não ser atingido. Não com a guerra tão próxima do final. *Se ao menos eu conseguir sobreviver mais um pouco*, pensei, *só mais um pouco...*

Aviões roncaram nos céus durante horas. Tiros foram disparados, não sei se dentro ou fora do campo. *Rá-tá-tá-tá-tá-tá!* O pesado *bum-bum-bum* da artilharia chacoalhava nossas camas de madeira, fazendo chover do teto toda a poeira e sujeira acumuladas em sete anos. Eu ouvi nazistas gritando entre si em alemão, mais tiros, mais bombas explodindo, mas mantive a cabeça abaixada como o restante dos prisioneiros, implorando em voz baixa para a morte me poupar uma vez mais.

Depois, perto do amanhecer, os tiros e explosões cessaram. O silêncio trouxe uma intensa sensação de alívio. As balas e bombas poderiam retornar outro dia, mas, por ora, estávamos vivos. Acostumados com o constante ir e vir dos sons da guerra, voltamos para a cama. Tínhamos de descansar bem para uma possível conferência pela manhã.

No entanto, quando amanheceu, sentimos que algo estava diferente. Para começar, nenhum *Kapo* veio nos acordar. Eu só acordei porque meu corpo avisou que era hora. Ao despertar nas prateleiras que lhe serviam de cama, os prisioneiros trocaram olhares confusos, perplexos com a ausência de nossos captores. Um deles caminhou cautelosamente até a porta e espiou lá fora.

— Não há... não há nenhum guarda! — ele contou. — Não vejo nenhum guarda!

Que tipo de truque era esse? Eu não acreditei. Lentamente, descemos todos das prateleiras e olhamos através das portas e janelas. O homem tinha razão: não havia nenhum *Kapo* ou oficial da SS à vista. Os prisioneiros arrastaram-se para fora dos barracões, olhando desconfiadamente para todos os lados, esperando a qualquer momento que os nazistas pulassem de seus esconderijos e começassem a atirar. Mas o campo estava vazio. Os nazistas haviam fugido durante a noite!

Eu cambaleei até o pátio. No entanto, uma vez lá, não sabia o que fazer. Nenhum de nós sabia. Passáramos vários anos apenas obedecendo a ordens. Era a única maneira de sobreviver. Naquele instante, eu estava livre. Podia sair pelo portão principal do campo e ir embora. Mas para onde eu iria? O que eu faria? Meu lar ficava em Cracóvia, a centenas de quilômetros dali. E o que significava lar àquela altura? Eu não tinha mais família para me receber, nenhum apartamento que ainda fosse meu. Eu não tinha bens ou pertences próprios. E, mesmo que tentasse voltar, quem me ajudaria a chegar lá? Quem me daria roupas de verdade? Quem me alimentaria? Quem seria meu amigo, amigo de um judeu, se até então ninguém me ajudara?

Era preciso encarar a dura realidade. Estávamos livres, mas ainda éramos judeus em uma terra que nos odiava, que havia nos roubado tudo o que tínhamos, que havia levado nossas famílias, internado-nos em campos de concentração, sufocado-nos em câmaras de gás e cremado nossos corpos.

— Soldados — gritou alguém do portão principal. — Soldados se aproximam!

Preparei-me para o pior. Chegara a hora. Seríamos todos executados pelos nazistas e nossos corpos seriam abandonados antes do final da guerra. O extermínio dos judeus ainda não havia terminado.

Alguns correram para os barracões, tentando se esconder, mas a maioria dos prisioneiros, assim como eu, ficou no pátio, aguardando seu destino.

Os portões abriram-se e soldados marcharam até o pátio. Mas seus uniformes não eram cinza e marrons. Eram verdes. Os capacetes também pareciam diferentes dos capacetes da SS. E o tanque que os seguia... o tanque trazia uma bandeira americana.

— São os americanos! — gritei, sentindo algo parecido com alegria pela primeira vez em muito tempo. — Os americanos estão chegando! Os americanos!

Os Aliados haviam finalmente chegado! Alguns prisioneiros correram para apertar as mãos dos soldados americanos. Alguns se abraçavam. Outros agradeciam aos céus. Caí de joelhos e chorei. Eu havia mesmo conseguido? Realmente sobrevivera ao gueto de Cracóvia e a *dez* campos de concentração diferentes? Eu tinha 10 anos quando a guerra começou. Naquele momento, estava com 16. Eu fora prisioneiro dos nazistas por mais de seis anos. Prisioneiro B-3087. E agora tudo havia terminado.

Um soldado americano veio correndo me ajudar, perguntando algo em inglês que eu não entendi. Ele tentou novamente em alemão.

— Qual é o seu nome? — ele me perguntou.

— Yanek — eu respondi. — Meu nome é Yanek.

— Está tudo bem agora, Yanek — ele me disse.

Pela primeira vez em seis anos, eu acreditei.

MUNIQUE

1945

CAPÍTULO 30

Assim que foi possível, os americanos nos tiraram de Dachau. Havíamos sido transferidos a pé, por caminhão e por trem tantas vezes, para tantos lugares horríveis, que alguns prisioneiros ficaram desconfiados. No entanto, os americanos nos garantiram que estava tudo terminado e nos deram cobertores e comida durante o curto trajeto de caminhão até Munique. Os Aliados haviam ocupado a cidade e ficaríamos abrigados lá até que decidissem o que fazer conosco.

Fui levado a um antigo alojamento de oficiais da SS, segundo me disseram. Um soldado americano conduziu-me a um quarto grande cheio de beliches e me indicou onde dormir.

— Com quantas pessoas terei de compartilhar a cama? — eu lhe perguntei.

Ele pareceu surpreso.

— Com ninguém — disse. — É sua.

Uma cama só para mim! Depois veio o inacreditável: o soldado me deu um cobertor, um travesseiro e lençóis. Lençóis! Meus colegas prisioneiros e eu nos olhamos como se estivéssemos em outro planeta. Eu não dormia em uma cama com lençol, travesseiro e cobertor havia cinco anos, talvez seis.

Comecei a fazer a cama com as mãos tremendo. Eu nem sabia como arrumá-la, já nem lembrava mais a sensação agradável daqueles tecidos macios. O soldado me ajudou e subi cuidadosamente em minha nova cama. Um colchão de verdade, com molas! Afundei o corpo no colchão e minha cabeça se acomodou no travesseiro. Que luxo!

Ao lado da cama, havia uma pequena mesa, sobre a qual encontrei mais presentes dos americanos: uma toalha de rosto, um copo e uma escova de dentes. Peguei a escova de dentes reverentemente e chorei ao segurá-la nas mãos. Lembrei-me do dia ao lado da bomba de água — em qual campo mesmo? —, em que me perguntei se eu realmente já possuíra algo tão notável como uma escova de dentes. Pouco a pouco, pedaço a pedaço, os americanos estavam devolvendo minha vida.

Naquela noite, no refeitório, sentamos em cadeiras. A uma mesa. Eu não via uma cadeira ou mesa havia seis anos. Eram mesas compridas, cada uma posta para dez pessoas. Os soldados americanos de nosso alojamento sentaram-se conosco. Comeríamos o mesmo que eles. Havia pratos na mesa — e talheres! Peguei um garfo e o examinei da mesma maneira que a escova de dentes, como se fosse um artefato de outro mundo. Também havia guardanapos. Observei os americanos enfiando o guardanapo na gola da camisa e fiz o mesmo.

Em seguida, trouxeram a comida. Travessas enormes de carne assada. Purê de batata. Molho. E cestas de pãezinhos, mais pão do que qualquer um de nós vira em anos. O homem à minha frente começou a chorar; os soldados americanos não sabiam o que fazer.

— Poderia me passar o sal? — eu disse a ele.

O homem olhou para mim em meio às lágrimas e começou a rir. Ele ria e chorava ao mesmo tempo.

— Passar o sal. Sim... — ele disse, rindo. — Sim, deixe-me passar o sal a você.

Começamos então a nos servir das travessas do banquete que os americanos haviam providenciado para nós. Eles não conseguiam entender nossas lágrimas, não poderiam saber a importância que aquela refeição tão simples tinha para nós. Será que algum dia entenderiam? Alguém que não tivesse sobrevivido ao que nós sobrevivemos seria capaz de compreender? Podíamos contar tudo, descrever cada detalhe dos horrores dos campos de concentração e de como nos tratavam. Mas apenas quem esteve lá poderia realmente entender.

Com meu prato cheio e os soldados e ex-prisioneiros comendo à minha volta, lembrei-me daquele dia longínquo em Cracóvia, o dia em que a guerra começou. Recordei-me da comida sobre a mesa em meu antigo apartamento em Podgórze e toda a família sentada à minha volta. Meu pai e minha mãe. Tio Moshe, tia Gizela e minha pequena prima Zytka. Tio Abraham e tia Fela. Meus primos Sala, Dawid e seus dois meninos. Estavam todos mortos agora.

Pensei também em meu amigo Fred, e no menino que fora enforcado por causa da fuga, e no homem que reagira, e em todas as outras pessoas que eu vira morrer. Eles ocuparam minha mesa e todas as mesas à minha volta, tomando o lugar de todas as pessoas reais na sala. Eu sabia que os mortos sempre estariam comigo, mesmo quando a vida voltasse ao normal, mesmo que os americanos me devolvessem todos os meus pertences.

Eu também sabia que todos os outros prisioneiros se sentiriam da mesma maneira. Eles sorriam enquanto comiam, mas havia tristeza em seus olhos. Tristeza pelas pessoas que perdêramos e que nunca mais voltariam.

Mas eu estava enganado sobre perder todo mundo. Alguns dias mais tarde, saí para caminhar por meu bairro em Munique. Sempre que podia, eu passeava pelas ruas. Ainda não me acostumara à ideia de ser livre para ir onde quisesse, de não estar sempre nas garras da fome e da sede. Estava imaginando como seria minha vida no futuro quando vi um rosto conhecido. Ela passou no lado oposto da rua; a princípio pensei ter me enganado.

— Senhora Immerglick? — eu chamei.

Atravessei correndo a rua para olhá-la mais de perto.

— Senhora Immerglick?

A mulher se voltou. Era ela! Era a senhora Immerglick, a velha ranzinza do apartamento em frente ao nosso em Cracóvia! Ela caiu no choro quando contei quem eu era e me deu um abraço tão forte que mal consegui respirar.

— Oh, Yanek! Yanek, é tão bom encontrá-lo! — ela disse finalmente. — A última vez que o vi você era apenas um menino. Veja só como cresceu! Agora você é um homem!

Eu realmente *tinha* crescido, mesmo nos campos. Quando me olhava no espelho, mal reconhecia a pessoa que me encarava de volta.

— A última vez que eu a vi — contei a ela —, você gritou comigo por bater a bola no corredor.

— Sim! Sim! Você e aquela bola!

Ela agarrou-me com força pelos ombros, como se temesse que eu fosse desaparecer.

— Oh, meu querido menino, se ao menos pudéssemos voltar àquele tempo, se ao menos pudéssemos recomeçar. Eu nunca teria gritado com você, juro.

Eu ri, um som tão estranho para mim quanto meu próprio rosto. Rira tão pouco nos últimos seis anos que nem reconhecia meu riso.

— Não tem problema, senhora Immerglick. E quanto aos seus filhos? O restante de sua família?

— Fred — ela começou.

O filho dela se chamava Fred, como meu amigo que morrera. Ela tinha lágrimas nos olhos.

— Fred sobreviveu. Como você. Meu Fred conseguiu. Mas só ele.

Eu balancei a cabeça e toquei seu braço para confortá-la.

— Fred está aqui em Munique? — perguntei. — Eu adoraria vê-lo.

— Sim, sim. E você sabe de seu primo Youzek, é claro.

Meu coração deu um pequeno salto.

— Não.

Tentei controlar as esperanças...

— Oh! Meu querido menino! Seu primo Youzek e a esposa estão vivos! E estão aqui em Munique!

Youzek! Eu não o via havia anos. Voltei com a senhora Immerglick ao seu apartamento, e ela escreveu o endereço deles em um pedaço de papel. Saí de lá segurando o bilhete nas mãos, sem tirar os olhos dele.

Eu ainda tinha parentes... Um primo. Família. Eu não estava sozinho.

Fui visitá-los assim que pude. O primo Youzek recebeu-me na porta e me abraçou com ainda mais força do que a senhora Immerglick. Puxou-me para dentro e me apresentou novamente à sua esposa, Hela. Nós choramos, rimos e depois choramos mais um pouco.

"Como você sobreviveu? Como você conseguiu?", perguntamos um ao outro repetidamente, contando nossas histórias noite adentro. Youzek e a esposa haviam sobrevivido se escondendo com amigos, e haviam acolhido outra família, os Gamzer, que também sobreviveram. Havia três pessoas nessa família: Isaac, Barbara e a pequena Luncia, uma garotinha de 12 anos que passava o tempo todo sentada num canto, lendo um livro.

— Quais são seus planos agora, Yanek? O que você pretende fazer? — Isaac Gamzer me perguntou quando estávamos sentados à mesa.

Dei de ombros. Era verdade; a vida tinha de continuar.

— Eu gosto de filmes. Há um cinema perto de onde estou morando. Pensei em tentar arrumar um emprego de projetista.

— Não, não, Yanek! Você precisa ir para os Estados Unidos — Youzek me disse. — É onde estão as melhores oportunidades. Lá, você poderá construir uma vida nova.

— Estados Unidos? — Parecia uma ideia inviável para mim. — Não tenho documentos nem dinheiro — eu respondi. — Como poderei ir aos Estados Unidos?

— Há um programa especial para órfãos judeus da guerra — ele me disse. — Eles o ajudarão a obter o visto e pagar a passagem.

Fiquei imediatamente entusiasmado com a ideia de ir para os Estados Unidos. Lembrei-me dos filmes a que eu assistia quando criança em Cracóvia. Será que todo mundo andava a cavalo e usava chapéu de caubói? Havia tiroteios entre mafiosos nas ruas? Seria realmente possível construir uma vida por lá? Eu tinha de descobrir.

Inscrevi-me no programa. Conversei com advogados. Preenchi formulários. Mudei meu nome para Jacob Gruener e passei a chamar a mim mesmo de Jack, como os soldados americanos me chamavam. O processo levou meses. Anos. Passei a visitar Youzek e

Hela quase todos os dias e logo fiquei amigo dos Gamzer também. A pequena Luncia e eu ainda não tínhamos muito que conversar, mas Isaac e Barbara se tornaram meus segundos pais, mais ainda do que Youzek e Hela. Eles se tornaram minha família.

Foi difícil deixar minha nova família quando minha documentação finalmente saiu, em março de 1948. Mas eu passara anos tentando imigrar para os Estados Unidos e estava resolvido a viajar. Youzek, Hela, os Gamzer e eu nos despedimos com grande emoção momentos antes de eu embarcar no trem que me levaria à costa, onde pegaria o navio para a América. Os Gamzer também planejavam se mudar para os Estados Unidos assim que possível, e eu prometi manter contato.

Quase uma década se passara desde que os nazistas tomaram Cracóvia, praticamente o mesmo tempo que eu não via meu pai e minha mãe, meus tios e tias e meus outros primos. Mas agora estavam todos mortos. Eu sempre me lembraria deles com muita saudade, mas nada mais me restava na Europa além de fantasmas. Eu já havia me despedido de todos eles havia muito, muito tempo.

Embarquei no navio e não olhei para trás. Durante nove anos, eu fizera todo o possível para sobreviver. Agora era hora de viver.

POSFÁCIO

A história de Jack Gruener é real — e notável —, mas este livro é uma obra de ficção. Como autor, tomei certas liberdades em relação a tempo e eventos para pintar um quadro mais completo e representativo do Holocausto como um todo. Isso foi feito com a anuência de Jack, pois queríamos que todos os horrores e realidades do Holocausto fossem lembrados, não só aqueles que ele viveu pessoalmente.

Jack realmente sobreviveu às duras condições do gueto de Cracóvia morando em um pombal com seus pais. Ele assou pão na calada da noite com seus tios, celebrou seu *bar-mitzvá* em um porão e presenciou a deportação de seus pais pelos nazistas, a última vez em que os viu vivos. Em Plaszóvia, Jack escondeu-se de Amon Göth debaixo do assoalho e foi inexplicavelmente poupado pelo oficial psicopata ao sair de lá.

Ainda mais incrível é o fato de que, durante seu aprisionamento em Plaszóvia, Jack trabalhou algum tempo na fábrica de esmaltados onde o empresário alemão Oskar Schindler mais tarde salvou a vida de centenas de judeus. Schindler conseguiu proteger os judeus que trabalhavam lá porque a fábrica era lucrativa o suficiente para Göth fazer vista grossa. Mas Jack foi transferido de Plaszóvia três meses antes de Schindler começar a proteger seus trabalhadores dos nazistas. Apenas anos mais tarde, Jack soube o quão perto esteve de ser salvo, quando a verdadeira história da "lista de Schindler" foi revelada.

Após Plaszóvia, Jack sobreviveu a outros nove campos de concentração. Em Wieliczka, trabalhou ao lado das famosas estátuas de sal que viraram atração turística depois da guerra. Em Birkenau, aguardou a morte na câmara de gás, recebendo, em vez disso, uma ducha de água fria. Em Auschwitz, sobreviveu a um encontro pessoal com o infame monstro nazista Josef Mengele. Jack suportou trabalho escravo e fome, marchas da morte e vagões de gado, bombardeios Aliados e punições nazistas. De mais de 1,5 milhão de crianças judias vivendo na Europa antes da guerra, apenas meio milhão sobreviveu, entre elas, Jack.

Depois da guerra, Jack imigrou para os Estados Unidos e se naturalizou. Menos de um ano depois de se tornar cidadão americano, foi convocado para o exército e enviado para lutar na Guerra da Coreia. Lá, ele sobreviveu novamente, dessa vez com uma arma nas mãos e uma mochila nas costas.

Conforme havia prometido, manteve contato o tempo todo com a família Gamzer, que havia finalmente imigrado para os Estados Unidos.

Ao final de seus dois anos de serviço militar, Jack foi visitar os Gamzer em Nova York. Ele descobriu que a pequena Luncia, a garotinha que passava os dias em Munique sentada em um canto com seus livros, tinha se tornado uma linda moça. Jack apaixonou-se por Luncia — que a essa altura tinha mudado o nome para Ruth — e casou-se com ela poucos meses depois.

Jack e Ruth vivem hoje no bairro do Brooklyn, em Nova York. Eles têm dois filhos adultos e quatro netos. Jack e Ruth viajam juntos pelo país contando suas experiências durante o Holocausto. Tive o prazer de conhecê-los durante a produção deste livro e é uma honra escrever sobre a vida de Jack para o conhecimento de futuras gerações. Jack ainda carrega a tatuagem com o número que os nazistas lhe deram — B-3087 —, mas é *seu nome*, Jack Gruener, que permanece nas páginas do mundo.

Esta obra foi composta nas fontes Joanna MT STD
e Minion, sobre papel Pólen bold 90 g/m²,
para a Editora Ática.